寂寞的公因數

弗杭蘇瓦・樂洛赫 著
尉遲秀 譯

Ulik au pays du désordre amoureux

by

François Lelord

房裡的孤獨感終於巨大到令人受不了，他決定下樓去酒吧喝一杯。

他在走廊上遇到一位清潔婦，推著一臺裝滿毛巾的推車。兩人擦身而過的時候，她對他淺淺一笑，他也報以微笑，因爲他現在已經明白了：這種微笑的用意根本不是想要和他攀談，這不過就是這家旅館的員工向客人問候的方式。

這家旅館很大，裡頭有好幾間酒吧，可是他很快就發現最適合他的在走廊盡頭，也就是離旅館入口遠遠的那間。那裡像個小客廳，柔柔的昏暗之中只有幾張小沙發，燈光從吧檯後面透出來，一個年輕的喀卜隆吶克人[1]在那裡準備飲料。在這麼晚的時候，酒吧裡的顧客寥寥可數。

---

* 本書注解全爲譯註。

1 喀卜隆吶克人（Kablunak）：因紐特語，意爲「白人」或「非因紐特人」。因紐特人（Inuit）舊稱「愛斯基摩人」，由於「愛斯基摩」是印第安人對這個原住民族的稱呼，意思是「吃生肉的人」，現在西方國家多捨棄帶有貶義的「愛斯基摩」，改用該民族自稱的「因紐特」（意思就是「人」）。

他才坐下來，心情就好多了。

「先生，您要喝點什麼？」

另一個穿白色背心的喀卜隆吶克人面帶微笑看著他。

「我可以看一下酒單嗎？」

「當然可以，先生。」

他捧著打開的酒單，心想這次做得不錯，給了對方一個正確的回答，所以可以在這個小交道之後，享受一下成果——慢慢看酒單上有什麼飲料。覺得自己做成了某件事，這種感覺，自從他離開家鄉之後就很少感受到了。

稍遠處有個桌位坐著三個日本人在聊天，不時還會看他一眼。他發現喀卜隆吶克人有時會以爲他是日本人，不過日本人從來不會犯這種錯，他們一眼就看得出來他跟他們是不同的。而且日本人很少有藍眼睛的，不過話說回來，他的族人裡頭藍眼睛的也不多。

吧檯前的高腳凳上坐著兩個年輕女人，有說有笑的。他看到她們裸露的手臂，看到她們的耳環和閃閃發亮的頭髮。她們看起來很愜意也很有自信。或許她們在等她們的男伴？這裡有些女人很漂亮，可是他毫無概念，不知該如何跟她們攀談。而且，他永遠也搞不清楚，她們究竟是單身還是已經屬於某個男人了。可是在他的家鄉，這種事有誰會不知道。

他覺得待在這裡比待在自己的房裡好過多了，就算他不敢去跟年輕女人或日本人說話，至少他不再是孤單一人了。從抵達的那天開始，他就已經習慣每天都會碰到一些不認識的人了，可是要他跟人家沒有介紹給他認識的陌生人攀談，對他來說還是太困難了。瑪希．雅莉克絲替他安排會見了一些人，他發現自己在這裡三天所認識的人比起在家鄉一輩子認識的人還多。還有，他發現這些喀卜隆吶克人所謂的「認識某人」，意思只是記得他的長相和名字，可是對他來說，「認識」就是看著一個人生活了一些年，無論是好日子還是壞日子。

他看著酒單。他認眞看了一下，想看看自己對酒單上的「無酒精雞尾酒」會不會感興趣，可是他很快就發現這是不可能的。他的目光不斷瞟到另一頁，酒精的記憶在他的血管裡竄流——他抵達的第一天，大使館爲他辦了一場歡迎酒會，從此，他的身體就一直想尋回對於酒精的記憶。

曼哈頓。一個他不認識的地方。

藍色珊瑚礁。他很想看看哪裡有這種珊瑚礁。

血腥瑪麗。他們眞的會把血加到這種雞尾酒裡頭？

白色佳人。這是專門調給喀卜隆吶克女人喝的飲料？

北極熊。

他的目光停住了。這幾個字在他眼前模糊了，整間酒吧也在他周圍輕輕旋轉起來。

北極熊。

吶努克大神[2]，黑色的嘴。

這時他想起來了。雪地上的奔跑、狗吠、大風，當然，還有吶娃拉吶娃。

2　吶努克大神（le Grand Nanook）：因紐特人傳說中的神，掌管所有的北極熊。吶努克（nanook）：因紐特語，意為「北極熊」。

「我的靈不會離開妳。」

「我離開是為了和妳在一起。」

出發的時間到了，石油基地的小飛機的引擎在暖機，這時，她逃過父親的監視，偷偷跑來和他見面。

「你什麼時候回來？」她問他，整個人還氣喘吁吁的。

「很快就回來。」

「那我，我一個人留在這裡。」

「我的靈不會離開妳。」

她露出微笑。一如每一次她對他露出微笑，他感覺到自己的心在胸口怦怦跳著。

「不要遇到太多喀卜隆吶克女人喔。」她說。

「她們比不上我的吶娃拉吶娃。」

她又露出了微笑，可是他看見她的眼角泛出一顆淚珠。

機長從機艙走下來，對他作勢說時間到了。

「我離開是爲了和妳在一起。」他又對吶娃拉吶娃說了這句話。

他們聽見一陣鼓譟。冰屋附近有一小群女人發現了他們，正在對他們表達不贊同的態度：自從他們不再是未婚夫妻，他們就被禁止私會了。

「我的愛。」她說。

他們很快地擁抱了一下，然後各自往自己的方向離去。他往配備著滑橇的小飛機走去，飛機很快就在雪地上滑行起來。她則是往冰屋群走去，父親一臉不高興地在那兒等著她。

飛機飛上高空，他最後一次看到她細瘦的身影浮現在皚皚的雪地上，接著飛機轉了向，村子就從他眼裡消失了。

吶娃拉吶娃。吶娃拉吶娃。

此刻妳在做什麼？他憂傷地看著空服員爲他端來的飲料，冰塊在杯子裡碰來碰去。

她曾經是他的未婚妻。他們從她還是嬰兒，他還是小男孩的時候就認識了。她開始學走路的時候，他帶著她在雪地上散步，他們的母親帶著微笑看著他們兩個小身影手牽著手。「看他們感情多好啊，我們的小尤利克和我們可愛的吶娃拉吶娃！我們要讓他們結婚。」因爲在因紐特人的國度，婚姻經常在兒時就決定了，所以每個人都知道自己的未婚妻或未婚夫是誰，這麼一來，也就避免了無謂的猜疑和競爭。

他觀察著吧檯前依然在聊天的兩個年輕女人，他猜想這裡的風俗是不一樣的。這個城市似乎有很多單獨的女人可以接近，不必擔心會不會引起一位父親的憤怒，或是激起一個男人的嫉妒。所以，喀卜隆吶克男人比較不會嫉妒嗎？或許他最後會去和這兩個美女聊一聊。他發現在這個國家，和他擦身而過的女人經常會看他一眼。這樣的意思是她們覺得他迷人嗎？可是對吶娃拉吶娃的記憶把他喚醒了。他爲什麼要在這裡被陌生的女人吸引，而不是留在心愛的女人身邊？他喝下第一口北極熊，一邊想著將他們拆散的所有災難。

第一次不幸發生時，他還是個小孩，他因此變成了孤兒。有一天，他的父親出外到冰河上打獵，其他的獵人看到他和他的雪車一起消失在一個被雪蓋住的冰縫裡。他們趕緊跑過去，可是那個洞太黑、太深，他們根本看不到他，也無從搭救。沒有任何叫聲回應他們的呼喚，只有受傷的狗發出幾聲微弱的呻吟，從黑暗中傳了上來。沒有人敢下去這種洞裡救人。狗的呻吟聲漸漸靜了下來。

他母親知道這個消息的時候，陷入巨大的絕望之中，他看到她整天在冰屋裡動也不動，兩眼茫然；有時，她出門到海灘上，面對著大海，面對嘈雜的波浪和呼嘯的海風，她泣不成聲，久久不止。

有一天，他的母親沒有回來。全村的人都出去找她，可是沒有人看到她。她走到海裡去了？還是遇到一頭熊，成爲牠輕鬆擒來的獵物？村人們確實找到一些熊出沒的足跡，可是卻沒見到他母親留下的任何痕跡。

北極熊。他又向親切的服務生點了第二杯。日本人都走了。兩個年輕女人優雅地從她們的高腳凳上起身，一眼都沒看他就離開了。他又是一個人了。

他變成了孤兒，這是因紐特人的生命當中最艱困的一種境況。他沒有哥哥可以照顧他，所以被舅舅領養了。可是，就像所有的孤兒一樣，他只能吃沒有人想吃的東西，得等表兄弟吃飽之後才輪得到他。他只能分配到冰屋入口附近的位置，那裡是整座冰屋裡最冷的地方。在因紐特人的國度裡，孤兒的生活就是如此，所以很多孤兒在父母過世不久之後也死了。但是他活了下來。

杯底，兩顆冰塊互相碰撞著。一股鄉愁襲上他的心頭。冰。或許這上頭也有一點來自北方的靈？在他的島上，他隨時都可以感覺到靈的存在，在岩石裡，在動物身上，在風中，在天空的顏色裡。靈充斥著他的世界，就算自己一個人去打獵，他也會不斷地和各式各樣的靈擦身而過；他從來沒有孤獨過。可是在這裡，在這些沙發裡，在這張地毯上，在這間酒吧裡，甚至在路旁瞥見的鴿子身上，他根本感覺不到靈存在的氣息。起初他以爲這裡也有喀卜隆吶克的各種靈，只是像他這樣的因紐特人很難接觸到祂們。後來他才明白，這裡的人在這些東西裡也感覺不到任何靈的存在。

冰塊融化了。服務生端著另一杯走了過來，他心想，他的命是喀卜隆吶克人救活的。

在他父母雙亡的那個年代，一座氣象站剛好設置在距離他村人的營地不遠的地方。他受到飢餓和被愛的渴望驅使，每天都去那裡報到。氣象站那些高大的喀卜隆吶克人都很心疼這個愛斯基摩小孤兒，他們邀他一起來享用他們的食物。他每天都會去氣象站，譚布雷站長開始教他講他的語言，講《拉封丹寓言》的故事給他聽，後來還要他把故事背起來。

他活了下來，長得又高大又強壯，可是如果這是爲了和他心愛的人分離，又何必呢？就算沒有人說什麼，他也感覺得到，已經沒有人還當他是吶娃拉吶娃未來的夫婿了。

現在他是個孤兒，而且不再和某一群獵人有交情了。

他成了喀卜隆吶克人的朋友，儘管氣象站關閉了，人也走了，他和喀卜隆吶克人的交情讓他成爲別人眼中的異數。

他觸怒了吶努克大神之靈，有可能讓整個部落陷入最糟的詛咒之中——再也找不到獵物。

漸漸地，他無法再單獨見到她了。她必須聽從父親的話。可是她依然以充滿柔情的目光看著他。

他們兩人都明白，現在首領心裡想的準女婿人選是庫利司提沃克。庫利司提沃克的年紀比他們都大，他已經有了一個妻子，不過他是個傑出的獵人，而且說不定會是未來的首領，但是也有很多人覺得他太愛吹噓了。

可是等到探勘石油的喀卜隆吶克人來了以後，他們的大型石油基地在這裡像一股惡疾在冰天雪地裡蔓延開來，等到因紐特族有個憂心忡忡、個頭小小的鬍子爺爺讓他們的部落被納入了世界人類遺產，並且建議首領從部落裡派一個人去喀卜隆吶克人的國度去當大使，他立刻抓住這個機會，這是他最後的機會。他願意出任大使，他這麼說，唯一的條件是吶娃拉吶娃要繼續當她的未婚妻。首領想了想，露出微笑，接著宣布如果他願意去當大使，等他回來的時候，他會重新考慮。於是他飛往喀卜隆吶克人的國度，於是北方的幻象對他預言：他將被一隻空心的大鳥載走，前往白人的國度，他會認識他們遼闊的國境，他們巨大如山嶺的房子，他會遭遇無數喀卜隆吶克女人的愛情。他歸鄉的腳步會一再受阻，他會在遙遠的土地上流浪，他的心在受苦，因爲他渴望重回故土，渴望再見到他的族人，因爲這一切都是被他觸怒的吶努克大神的心願，也是某些喀卜隆吶克人的心願，他們的人數比吶努克多上千倍，他們想要向因紐特族表達敬意。

喝完第三杯北極熊，他開始覺得好多了，彷彿吶努克大神之靈重新關愛著他。何不再點第四杯呢？

他還是一個人，除了酒保和服務生，沒有別人。他們看著他竊竊私語。一陣羞愧襲了上來。他不是不知道，酒，這種喀卜隆吶克人的發明可以讓人變得跟幼童一樣手腳不協調，語無倫次。他想起大使館的酒會，眾人同情的目光——大家看到一個胖女人顯然因爲喝了太多烈酒，在那兒放聲大笑，後來她試著要坐下的時候，竟然從椅子上摔了下來。他不想感受到吧檯那兩人目光中的同情，他是個驕傲的因紐特人，只有小孩和女人才能讓人同情而無損於榮譽。他站起來，覺得地板好像變成一大片正在融解的大浮冰，一大塊、一大塊的冰板在腳下跳著舞。可是沒有問題，他從小就受過這種訓練，所以他可以一直走到吧檯。

「您還要點些什麼嗎，先生？」

他想回答，可是花了一點時間才擠出一句話。

「不用了……我要去睡覺了。」

「祝您好夢，先生。」

「我覺得好孤單。」

這個句子就這麼脫口而出，其實他並沒有打算說出來，可是他心裡的孤獨感實在太強，終於溢了出來。

他看到酒保和服務生停頓了一下，互看著對方，然後酒保又對他說話了。

「您需要人陪伴嗎，先生？」

「噢，是啊，可是我知道時間已經很晚了。」

「時間永遠不會太晚，先生，您可以回您的房間。」

他突然意識到他可能永遠找不到自己的房間。他習慣在大自然中，以自由流動的空氣辨認方位。可是從抵達之後他就知道了，當他必須從一個樓層移動到另一個樓層的時候——尤其每個樓層都長得一模一樣，而且也沒有天空，沒有風，沒有任何他習慣的標的物——他就覺得自己完全迷失了。他再一次覺得羞愧。

「我怕我會找不到。」

「對不起，您說的是……？」

「我的房間。我怕我會找不到。」

酒保露出一抹若有似無的微笑。

「沒問題，先生，尙・馬克會陪您走回去。」

後來，在電梯裡（看吧，連走過的路都看不見，我們要怎麼認路？）尙・馬克帶著微笑問他：

「這個時節，在您的家鄉，應該是永夜吧？」

這種事總是令他感到驚訝，有時候喀卜隆吶克人似乎知道因紐特人的國度的某些事情，可是他們根本沒去過那裡。

「不是，永夜已經結束了，現在我們打獵的季節又要開始了。」

他正想要告訴他，在長達三個月的黑夜之後，會有一小塊陽光第一次出現在地平線上，這一刻，整個部落都會一起祈禱，祈求明天陽光再回來，可是電梯門打開了，他們到了他的樓層，接著到了他的房門口。

「先生，您還好嗎？」

「很好，很好。」

「別擔心，有問題就找我們。」

「謝謝，謝謝。」

可是一旦回到房裡獨自一人，他就覺得很難受，像個被遺棄的孩子。若不是羞恥心阻止了他，他早就跑出去追那個服務生了。

別像個孩子似的，他心裡這麼想。

你是個驕傲的因紐特人。

他其實經歷過不少考驗，可是這是他這輩子第一次獨自待在一個房間裡。事實上，這是他第一次一個人獨處，因為和因紐特族人一起生活，永遠不會有人落單。

在冰屋裡，和親友待在一起。打獵的時候，最常見的情況是一幫人一起去，因為獨自去打獵太危險了。

有時，去整理陷阱的時候是一個人，但是絕對不會走太遠，而且一定會帶狗去，而且說回來就回來；想讓孤獨感持續多久就是多久。從來沒有人會讓你獨自一個人，除非是犯了大錯；這樣的話，人們會刻意疏遠你，再也沒人要跟你說話，那你就得再找一個願意接受你的村子，或是躲得遠遠的，變成一個因尼沃克——一個遭受天譴的人，不久就會死去。

他召喚他全部的因努哈——他全部的理性——告訴自己，在喀卜隆吶克人這裡，孤獨不是一種懲罰。他什麼壞事也沒做，他沒有被處罰。對他們來說，一個人待在房裡是很自然的事，就跟他和親友待在冰屋裡取暖一樣自然。他們當中沒有人可以過他熟悉的北方生活，可是他們似乎已經馴服了孤獨。

他試著去想吶娃拉吶娃，他承受的這一切都是為了她。可是他卻無法讓自己的記憶重現，彷彿他未婚妻的靈拒絕來到這個風格怪異的房間裡。

只有一個人可以幫他，讓他覺得不那麼孤單，這個人就是瑪希·雅莉克絲。他認識她只有三天的時間，她是聯合國教科文組織挑選來陪他的人。一個高大的喀卜隆吶克女人，有一雙漂亮的藍眼睛和迷人的淺笑。說不定她會明白他的感受？

可是現在打電話給她會不會太晚了？不管了，他已經受不了了。

悠長的電話鈴聲之後是她的聲音，先是充滿睡意，接著立刻轉變成憂心。

「尤利克！您還好嗎？」

他無法承認自己的軟弱，也沒辦法繼續讓她擔心，繼續打擾她。

「我很好。」

「眞的嗎？」

「眞的，眞的。」

一陣靜默。她應該是在看現在幾點，可是她什麼也沒說。聽不到她身邊有任何人的聲音。有那麼短暫的片刻，他看見她光裸的肩膀，還有一綹頭髮橫過她的臉頰。

「您希望我幫您做什麼嗎？」

「沒有，沒有。」

「有什麼問題的話，就跟我說，好嗎？」

「一定的。」

「我明天早上八點會去接您，您記得吧？」

「當然記得。瑪希・雅莉克絲，您好好睡吧。」

「您也是，尤利克。」

他又是一個人了，待在這個怪異無比的房間裡。

他把所有的燈都關了，躺在床上。在黑暗中，他可以幻想自己身在別處，在遠方，在因紐特人的國度。

正當他試著一邊想著雪地的風聲一邊入睡時，有人敲門了。

他很驚訝，是剛才在吧檯聊天的兩個年輕女人當中的一個。

「您好，您好像需要人陪伴，是不是？」

這個年輕女人非常親切——雖然他沒有立刻搞懂她的專長是什麼。這是他在這裡遇到的一個難題：所有人都有一項專長，像是服務生、醫生、大使、酒保，可是在他的家鄉，事情比較簡單：所有男人都是獵人，沒有例外。所有女人都負責照顧冰屋，嚼皮革，縫皮革，還有養小孩。有時候她們肯定也會拿著手撈網去抓海雀，可是沒有人會說這是眞正的打獵。

喀卜隆吶克人的社會或許在靈的方面很貧乏，可是在專長的部分卻很豐富。他想起一個詞：「靈性」。專長豐富，靈性貧乏。他很高興自己想出這麼好的句子。

他的心思回到剛剛離去的年輕女人身上。他感覺自己臉紅了。這是他第一次在燈光明亮的地方做愛，而不是像在家鄉那樣，在黑暗中躲在皮毯底下，靜悄悄地，趁著其他人睡著的時候做愛。

他回想起年輕女人的某些姿勢，興奮和羞恥同時湧現，再次襲遍他全身。她對他做出非常大膽露骨的讚美，說他表現得比大部分喀卜隆吶克男人都好，從前別人跟她說的中國人可不是這樣。

於是，他向她解釋自己是從哪裡來的。她似乎很驚訝，後來當他向她坦承自己是第一次跟她這一族的女人親近，她顯得有些尷尬。

「好吧，希望這讓你留下一個美好的回憶。」她笑著說：「第一次，總是很重要的……」

她叫做嘉桑特[3]，這是他從沒見過的一種花的名字。

然後她問他，付錢的人是他嗎？

他楞了一下，接著，一段回憶從很遙遠的地方回來了。老婆婆阿吶喀吶盧喀跟他說過這種交易：每年，喀卜隆吶克捕鯨人搭著大船，頂著宛如翅膀般顫動的船帆經過他們的海岸，有些因紐特女人就會登上船，之後，她們會帶著絲巾、刀子還有玻璃珠，興高采烈地回來。她們的男人讓她們去船上，因為這樣可以讓部落得到一些有用的東西，而且捕鯨人從來不會停留太久。不過有時候，有些嬰兒會因爲這樣的相會而誕生，這也解釋了爲什麼在一個世紀之後，尤利克這個因紐特人會有藍色的眼睛。

3　嘉桑特（Jacinthe）：作爲普通名詞的意思是「風信子」。

儘管他已經明白嘉桑特想要的是什麼，他還是覺得很尷尬。
「你沒搞懂我是誰，對嗎？」她問道。
「不是，不是，我想我搞懂了，可是……」
「你沒有錢？」
他的身上沒有錢，一切都是聯合國教科文組織的工作人員負責打理的。
「嗯，」她說：「我應該先說清楚的，不過我還以爲事情都安排好了。那有人可以替你付錢嗎？」
他還不清楚本地的習俗，不過他覺得去跟教科文組織的接待人員講這件事應該不太妥，尤其是對瑪希．雅莉克絲，儘管她似乎總是希望讓他過得舒舒服服的。
「我不知道，如果……」
突然間，他的目光停在他的大行李箱上。
他帶來一些禮物，原本是要送給即將在旅居期間會見的那些人——都是喀卜隆吶克人不同專業領域的首領，像那天晚上，他就送了一份禮物給大使。
他打開行李箱，呆望著裡面的東西：有好幾個極地動物的雕像（材質是海象牙或獨角鯨的長牙）、幾頂雪狐毛氈帽、三雙海豹皮製的靴子，還有北極熊的毛皮。
「妳挑吧。」他說。

她慢慢靠近，像一頭好奇的小狐狸挺著漂亮的鼻子，這一刻，他看見一個小姑娘的靈，還活在她的身上。

他坐在瑪希．雅莉克絲辦公室裡的一張小沙發上，等著她下班載他回旅館。她一邊看資料，一邊打了幾通簡短的電話，他趁這機會觀察她。他印象最深刻的是她很快做出決定的方式，而她處理的事情包羅萬象，對他來說都是非常神秘的領域。

「……不行，他的報告不夠完整。他得在做報告之前重寫……社交活動的支出，委員會是不可能用我們的工作費用去買單的，除非他們剛好是贊助者！……對，我們可以當主辦單位，但是這還要提交給執委會……」

不時有人會敲敲門，在隔壁辦公室工作的兩個年輕的喀卜隆吶克人當中的一個就會走進來，問她對於另一個神秘主題的意見。從瑪希．雅莉克絲對他們說話的方式看來，很清楚的，她是他們的首領，他每次都為此感到驚訝，看見一個女人下達命令給兩個孔武有力的年輕男人，而這兩人當中至少有一個可以當個好獵人。

「尤利克，我再五分鐘就好了，然後我們就可以走了。」

他心想自己的運氣真好，可以有這樣的地陪。瑪希．雅莉克絲有一雙清澈美麗的藍眼睛，儘管她年過四十（對一個在因紐特國度的女人來說，這算是夠老的了），看起來還是像一個年輕的女人。不過她有個部分還是讓他有點困擾：這是他第一次被一個比他高的女人陪伴，而他早已習慣自己是部落裡個子最高的。她的一切在他看來都有一點奇怪，也頗神奇：她的頭髮、她粉紅色的皮膚、她纖細柔軟的手，還有她咯咯的淺笑。他知道她有一個十歲的小男孩，還有一個女兒，年紀稍大一些，十七歲了，而且她的丈夫離開她了（去了哪裡？他沒搞懂）。他們之所以會選她當他的地陪，是因爲她在這裡被視爲因紐特人的專家。她告訴他，她造訪過好幾次阿拉斯加的黑河（Black River）的烏克圖斯人（Uktus）還有尤皮克人（Yupiks）的國度，甚至也造訪過楚烏克人（Tchouks）——人們常把他們跟因紐特人搞混，眞糟。

他們一起過了一整天。會見各單位的官員，和另外兩位因紐特文明的專家一起吃午餐，然後是在一家大飯店的宴會廳舉辦的酒會，他得在酒會上聽很多人致歡迎詞，然後他自己也得來上一段。

他引了《拉封丹寓言》故事裡的〈城裡老鼠和鄉下田鼠〉作爲開場白。所有人看到一個因紐特人把他們的語言講得這麼好，大家都露出一副又驚訝又著迷的表情。

「我親愛的尤利克，您是最棒的大使。」服務生爲他們端來香檳時，瑪希・雅莉克絲這麼對他說。

他不敢說他自願前來，爲的是希望有機會重回吶娃拉吶娃的身邊。可是另一方面，他成爲大使是事實，他也努力把好好代表部落這件事當成自己的職責。

瑪希·雅莉克絲辦公室裡的電話鈴聲再度響起。

「夏勒？……不行，我這個週末沒時間陪他們……欸，你最近至少有三次都是到了最後一刻才要跟我換時間……」

他知道那是她丈夫，他們爭執是爲了搞清楚他們的小孩這個週末要跟爸爸還是跟媽媽一起過。所以小孩得避免同時和他們的爸媽一起過週末囉？這是喀卜隆吶克人的禁忌嗎？就像因紐特人有個禁忌是絕對不能說出死者的名字。

「搞什麼呀！笨蛋！」瑪希．雅莉克絲對著一個想跟她爭道的駕駛大罵。她漂亮的臉龐瞬間變成一副憤怒的面具。

她說要載他回旅館，現在他就坐在她身旁，看她開著她的小車在車陣當中，熟練的技術令他印象深刻。不過，他當然裝著一副沒事的樣子，因爲他覺得流露出驚訝的神情有違一個驕傲的因紐特人應有的尊嚴。而且他在石油基地附近已經看過雪地摩托車，汽車不過就是雪地摩托車的一種變形罷了。再說，喀卜隆吶克人的生活方式裡頭藏著更多更新的事，對他來說，這比他們的機器更新奇。

瑪希．雅莉克絲超過去的那輛大車沒多久就追上了他們，停在他們前面，動也不動。瑪希．雅莉克絲想要繞過它，但是不可能，因爲他們此刻正陷在車陣裡。大車的車門打開了，一個身形也很龐大的男人下了車，開始咆哮。

「媽的，妳以爲妳是誰啊？妳車是怎麼開的？」

尤利克問瑪希．雅莉克絲認不認識這個跟她「以你相稱」[4]的男人？

4 依照法語的一般應對儀節，陌生人是以「您」相稱，相識者彼此同意或陌生人相談甚歡才會開始以「你」相稱。尤利克聽到對方以「你」稱呼瑪希．雅莉克絲，因而有此一問。

「才不認識呢。討人厭的傢伙。」

身形龐大的男人走到瑪希．雅莉克絲的車門旁，開始大聲嚷嚷著一些尤利克聽來像是辱罵人的話，總之，他從來沒在《拉封丹寓言》或其他小時候看過的作品裡讀過這些字眼。其他的車子都堵在他們後面，喇叭聲不絕於耳。

「得讓他停手才行。」尤利克說。

「您別動，尤利克，這樣對事情沒有幫助。」

可是任由一個女人被侮辱是不可能的，這是非常嚴重、非常不名譽的事。於是他走下車子。

尤利克在因紐特人當中算是高的，但是在這裡，他算是中等身材，屬於瘦的那一型，儘管他的肩膀很寬。

「噢，你這個黃種人，你最好靜靜的別出聲，」那個男人說：「不然我三兩下就擺平你！」

他顯然錯估了形勢。

尤利克走回來坐在瑪希．雅莉克絲身旁時，她簡直快要說不出話了。只見那個男人搖搖晃晃地爬起來，走回車上，在一陣喧囂的喇叭聲中把車開走了。

「老天，」她說：「如果您出了什麼事……」

然後，突如其來地，她以近乎歡樂的語氣說：

「幹得好，您剛才做的！」

不過她又立刻換上一副嚴肅的表情說：

「尤利克，您絕對不可以再這樣了。尤其是，絕對不可以在這裡跟人打架。」

「就算爲了保護一個女人也不行？」

「噢，我又不會有任何危險，車門是鎖住的。」

可是名譽，他心想，他自己的名譽，還有她的名譽呢？顯然，他在這裡還有很多規矩要學。

車子在旅館門口停下來的時候，她轉過頭來看著他。

「好，我明天早上過來接您。」

他望著穿制服的門房服務生走近車子，心裡想的卻是即將再度降臨的寂寞夜晚。

「尤利克，有什麼不對勁嗎？」

她猜對了。在她溫柔的目光下，他突然覺得自己好像赤裸裸地在她面前，像個小孩，什麼也藏不住。他聽到自己低聲喃喃說著：

「沒事，沒事，一切都很好。」

可是她不相信。

「旅館裡有什麼不好的事嗎？」

他結結巴巴地說：

「我不習慣……一個人獨處。」

他看見瑪希．雅莉克絲的眼睛因爲驚訝而睜得又大又圓。

「哎呀！當然是這樣的！我怎麼沒想到！在你們那裡，你們是從來不會落單的。」

「對呀。」

「所以你昨天夜裡才會打電話給我？」

他覺得自己臉都紅了。這樣子在一個女人面前暴露自己的心事，眞是太丟臉了！他恢復鎭定，對她說今天晚上不會有問題了。（說不定他可以再找昨天晚上的那個年輕女人過來？）瑪希．雅莉克絲似乎不相信他說的。

「我覺得您在這裡好像並不快樂。這是一件痛苦的事。」

「是啊，不過我可以忍受。」

她笑了，有那麼一瞬間，他以爲她在嘲笑他。

「我才不信呢！尤利克，爲什麼要忍受這種沒意義的痛苦呢？其實這都是我們的錯。我們早該想到的……」

她正在傷腦筋，可是門房服務生已經等著要把車門打開了。

「我可以帶您去大使館，他們有一些房間是給雇員用的……可是這樣子教科文組織那邊一定又會有意見。而且，您在那裡可能還是自己一個人……」

她看了看她的手錶。

「……要再安排，時間也有點晚了。」

她沒再說話，而是看著他。

「我親愛的尤利克，還有另一個辦法。如果您願意的話……」

透過半掩的房門傳出來的呼吸聲。

這是生命的氣息，完全不同於孤寂——

被孤寂包圍，就像死人在墳墓裡，

只聽得見自己的骨頭喀喀作響。

他聽到牆壁的另一邊傳來茱莉葉特的聲音，她是瑪希．雅莉克絲十七歲的女兒，她還沒睡著，在床上翻了個身。接著是輕盈的腳步聲——應該是托馬——正在往廚房走去。他還聽到冰箱門打開的聲音。同樣在他們的公寓裡，另一處，有一扇門關上了。

房裡一片黑暗，他在床對面的牆上看到一幅肖像，是一個眼睛清澈、滿臉笑意的年輕男人站在一架小型的螺旋槳飛機前。瑪希．雅莉克絲剛才跟他解釋過，那是她的祖父，他是飛行員，在一場喀卜隆吶克人之間的戰爭中殞命。

他也欣賞了孩子們在不同年紀時拍下的照片，經常是和媽媽在一起拍的，他不敢問為什麼從來沒看見他們那個已經「離開」的父親？他還記得「離開」這個字眼。他心想，所以，他應該是眞的離開了。

他坐在床上，突然覺得很不自在。他的族人絕對不會讓一個陌生人睡在一個沒有男人在的冰屋裡，只有一個例外，那就是部落裡有人在他旅居期間借給她一個女人。

他聽見托馬從廚房走回來了，腳步聲在他的門口停了下來。

「尤利克？」

「嗯。」

「你還沒睡嗎？」

「還沒。」

門緩緩推開了，托馬踩著小小的腳步羞怯地走進來。他今年十歲，他動也不動地待在那裡，安靜無聲，就這個年齡的孩子來說，他舉手投足的方式很令人驚訝。從瑪希．雅莉克絲看他的眼神他就知道，她很擔心托馬。尤利克沒有跟喀卜隆吶克小孩相處的經驗，不過他感覺得出來，托馬有一點特別。他一直待在那裡，站在床邊，什麼話也沒說。

「托馬，你媽媽一定會說，你該去睡覺了。」

「我已經睡過了。」

「是啊，可是晚上還沒結束呢。」

「那你呢，你不睡覺。」

「是啊，可是我明天不必上學。」

「明天你要上電視。」

顯然所有人都對他明天要上電視感到非常興奮，他不太知道自己該怎麼想這件事。

「尤利克？」

「嗯。」

「你再說一次打獵、抓北極熊的故事給我聽。」

這故事托馬似乎百聽不厭。晚餐的時候，他發現他的姊姊茱莉葉特也在聽他說獵熊的故事，可是她很快就想要知道他們是怎麼把皮革縫在一起，她對於皮革的加工過程也很感興趣，靴筒的外面是熊皮，內裡通常會加上一層野兔皮，當然，女人們得用力把皮革嚼軟，這些事讓她聽得津津有味。

他又說了一次獵熊的故事，加上他自己了不起的事蹟：奔跑的狗，像波浪般湧動在遠方雪地上出現的熊，然後是恐怖的時刻，一定要準確無誤地把長矛插進這頭飛撲而來的怪獸身上。托馬問他：

「那你自己殺過嗎？」

這是托馬第一次直接問他這個問題。

「殺過。」

「幾次？」

「兩次。」

就是這樣他才觸怒了吶努克之靈。當他們要殺一頭熊的時候，只有在吶努克之靈願意把這頭熊賜給他們的時候才能動手，所以，他們得辦一場喪禮表示敬意，而且在幾天之內，任何人都不可以再動身去獵熊。可是在他第一次獵熊之後，他發現他最心愛的兩隻狗在夜裡被一頭來路不明的熊殺死了，他在盛怒之下，動身去追捕這頭熊，把牠殺了。

「那後來你被詛咒了嗎？」

「或許吧。總之沒有人覺得這麼做是對的。」

而且吶娃拉吶娃不再是我的未婚妻了，他心裡這麼想。不過他覺得跟托馬講這些事讓他有點不安。孩子們應該學習他們自己的宗教，不要讓自己的靈被其他民族的宗教搞亂了，這種事在牧師和神父來了之後，就發生在南方的因紐特人身上。

托馬站起來，走過來親了他的臉頰一下，然後就回自己的房裡去了。牆壁的另一邊又傳來茱莉葉特動來動去的聲音。接下來是一片沉寂。瑪希．雅莉克絲的房間在更過去一點的地方，要在走廊上轉個彎之後才是。

他覺得很舒服，集中精神之後，他甚至猜得出他們三個人透過半掩的房門傳出來的呼吸聲。這是生命的氣息，完全不同於孤寂——被孤寂包圍，就像死人在墳墓裡，只聽得見自己的骨頭喀喀作響。

他意識到自己是這個沉睡的家裡獨一無二的男人，這種感覺眞是驚奇！少了他，他們也會這樣度過夜晚，一如他還沒來到之前的每一個夜晚，這裡沒有男人回來述說白天外出打獵的事蹟，並且向小男孩展示如何成爲一個眞正的因紐特人，稍晚再到熱呼呼的被窩裡找他的妻子。從某個角度來說，瑪希．雅莉克絲也是一個人，跟他前一天晚上自己一個人待在旅館的房間裡沒有兩樣。他很佩服她可以忍受這一切，她看不出害怕的樣子，甚至一整天看起來都很開心。

他在心裡開始毫無意識地往她的房間走去。可是這會不會冒犯到她？他不懂這裡的習俗。說不定她的微笑表示她已經同意？

如果是這樣的話，沒去找她就是冒犯了。他回想她粉紅色的皮膚，回想她的微笑，她俐落地開著那輛小車子的動作。

結果他睡著了，他的夢沒多久就把他帶到因紐特人的國度。

「我只會問您幾個關於您部落生活的問題，好嗎？還有關於您初來這裡的一些印象。」

主播的臉看起來很嚴峻，一板一眼的，還有一雙略爲凹陷的獵人的眼。他看上去很年輕，不過仔細一看，尤利克發現他的頭髮經過精心梳理，爲的是掩飾掉頭髮的問題，這也是大多數年老的喀卜隆吶克人都會遇到的問題。看到他的手，尤利克知道他的年紀至少有他兩倍大，不過對一個首領來說，這樣的年紀很正常。有件事從他抵達的那天開始，就一直讓他感到驚訝：不只是女人試著要顯得比較年輕——這方面，她們跟因紐特女人沒有兩樣，而且應該跟世界上其他種族的女人也一樣吧——可是男人也努力要維持年輕的外表，這就令他疑惑了。一個男人的價值應該表現在他的行動上，而不是看他的氣色好不好！可是話說回來，這些人已經不打獵了，他們應該也失去了從前認爲最重要的那些觀念。

「好吧，」主播說：「您等一下就知道了，電視很簡單，只要保持自然就行了。」

他已經在旅館的房間看過電視了，對他來說，這項喀卜隆吶克人的發明差不多跟酒一樣危險：看電視就跟喝酒一樣，只要一開始，就很難停下來。很快的，他就決定永遠不要再打開電視了，不然他會看上一整夜，被螢光幕催眠，從一個頻道換到另一個頻道，心裡想著要很快搞懂那些由演員演出的眞實故事。就像喝酒一樣，電視似乎是發明來幫人度過孤獨時光的——這是一種藥。

後來，他坐在一張形狀像墨魚軟骨的大桌子後頭，頭上一盞盞小聚光燈放射出太陽般的光芒，旁邊坐著主播，獨自一人對著攝影機兀自說個不停。

「現在和我們一起出現在攝影棚的來賓來自遠方，非常遙遠的地方，這是他第一次來到我們的世界。他和他的部落已經被宣告爲世界人類遺產（他轉過頭，對著尤利克）。那麼，尤利克，成爲世界人類遺產爲部落帶來什麼影響？」

他覺得自己整個人都僵住了。這個問題該如何回答？他望著主播打量他的目光，那目光之中透露出些許不耐煩。

「這要看情形……」他用這句話開場。

「看什麼情形？」

「這……讓我很高興，因爲我知道人類……喜歡我們。」

他詞不達意，覺得自己很可笑。主播立刻接著說了下去：

「現在，爲了讓我們更瞭解您此行的意義，我想請您一起來看一段您所來自的部落的報導。」

螢光幕上立刻出現了一大片浮冰，鏡頭是從一架直昇機往下拍攝的，陽光的角度很斜，幾乎貼著地面，接下來，噢，他呆住了，他認出那是伊格魯里克（Igloolik）的懸崖，還有喀卜隆吶克人的基地，紅色的帳篷如繁星般在雪地上散開，更遠處是他的部落的冰屋群。「在北極圈的北部，」影片裡的評論者說：「有兩個人類的社區，一個是最後的因紐特游牧民族的部落，他們還活在石器時代，另一個是探勘石油的新基地，他們運用的是最現代的科技……」這時出現了一架由狗拉的雪車，帶頭的是一個因紐特人，手裡拿著鞭子：他認出那是愛吹噓的庫利司提沃克，他微笑著從鏡頭前面走過。接著是首領，站在一座冰屋前面，陪在他身邊的人是寬南威薩亞克。喀卜隆吶克人帶了幾個住在南邊的因紐特人來當翻譯，寬南威薩亞克是其中的一個。「石油基地如何改變了部落的生活？」報導者這麼問。首領回答之後，寬南威薩亞克立刻做出翻譯：「我們相處得很好，大家各自做自己喜歡的事。」接著影片上出現了幾個石油公司的人正在一座到處都是石塊的山丘上作業，然後是一頂堆滿現代設備的帳篷，裡頭有幾個人穿著連身的極地工作服，面帶微笑，接著是冰屋內部的畫面——尤利克覺得一陣羞愧襲上他的臉，因為跟帳篷比起來，冰屋顯得陰暗、骯髒，還看得到煙燻的痕跡——接著是因紐特小孩在雪地上邊跑邊伸出手，往攝影機的方向跑來——他又是一陣羞愧——接著是探勘計畫的負責人，是個大鬍子先生，他解釋說，他們白人之所以能存活下來，靠的是現代化的設備，可是因紐特人幾千年來都以他們自己的方法面對這個世界。接著又是幾個因紐特獵人駕著雪車列隊前進的畫面，他們用聲音激勵那些拖雪車的狗。突然間，吶娃拉吶娃的臉出現了，她整個人裹著毛皮，神秘美麗宛如女神，若有所思地望著天際。噢，吶娃拉吶娃——他感覺他的心扭絞著——爲什麼妳不在我身邊？

「尤利克？」

他嚇了一跳。主播應該是問了他一個問題。

「在這裡待了幾天之後，再看到您的部落有什麼感覺？」

還能怎麼回答呢？說他很想回村子去？可是他並不想惹惱這些招待他的人，也不想惹惱瑪希．雅莉克絲這位教科文組織的女士。

「這……讓我心頭感到很溫暖，看見他們過得很好。」

這個回答實在太敷衍了，但是他還能說什麼？難道要把剛才首領眞正回答的，而負責翻譯的寬南威薩亞克不敢翻譯出來的話說給大家聽？首領說的是：「自從喀卜隆吶克人來了以後，因紐特人就很想偷懶。」

「從您來到這裡以後，」主播接著問道：「我們的生活方式當中，哪個部分讓您印象最深刻？」

他的腦子裡一片空白，後來，他想到了：

「專長。」

「專長？」

「是的，在我們那裡，所有男人都是獵人。在這裡，人們有大量不同的職業，非常多種。當我遇到某個人的時候，我不知道他的職業是什麼。」

「確實如此，親愛的尤利克！那麼在你們那裡，女人做些什麼？」

「在我們那裡，女人養孩子、嚼皮革，她們的丈夫出門打獵的時候，她們還有事情要忙。」

主播露出微笑。

「好，既然你們還在那裡生活，表示這個分工方式在你們的環境裡運作得還不錯！親愛的尤利克，謝謝您來參加我們的節目。各位觀眾，尤利克來到這裡代表的是他的部落，他的部落被聯合國教科文組織列為世界人類遺產……」

尤利克這才意識到他已經忘記最重要的事了。他代表的是他的部落，他應該要表現出聰明的樣子。

「我還有些話想說。」他說。

主播露出一絲不快的表情，不過他可不能當著數百萬電視觀眾的面前，粗魯地對待這位溫和的因紐特人的代表。

「沒問題，不過請長話短說，我們的時間有限！」

「自從我來到這裡，有兩件完全相反的事情讓我印象很深刻。」

「是什麼呢？」

「嗯，你們的人實在太多了——我在一個星期之中遇到的人比我一輩子遇到的還多——你們不斷地舉辦一些大型聚會把所有人聚集起來，可是在此同時，你們也可以忍受一個人待在房間裡……」

「這眞是非常有趣，謝謝您，尤利克，謝謝您的觀察。接下來是即時新聞……」

主播的臉重新佔據整個螢光幕，這時有人對尤利克打了手勢，請他站起來往布幕後頭走去。

他站起來，滿懷著羞愧。他覺得自己沒能好好解釋，還在鏡頭前面待了太久惹人嫌，最糟的是，他沒有把代表族人的這件事做好。

所有人都帶著微笑跟他打招呼。他面對鏡子坐著，化妝師用一次次濕潤的輕撫讓他的臉恢復原狀。瑪希・雅莉克絲走過來坐在他身旁，他們在鏡子裡看著對方。

「您說得很好。」她面帶微笑對他說。

「不，我覺得很羞愧。」

她把手放在他的手臂上，他感到一股溫柔的暖意讓他心裡的痛苦平靜了一些。

「尤利克，您沒什麼好羞愧的呀，您說的關於職業的事非常有趣。」

「可是他笑了！」

瑪希・雅莉克絲看起來有點尷尬。

「因爲……這對我們來說有點讓人驚訝……女人的角色，在這裡，事情不是這樣的。」

「我知道啊！所以我說的時候像個什麼都不懂的白痴。」

而且，他又看到了吶娃拉吶娃！所有人都會趁他不在的時候去對她獻殷勤，尤其是那個愛吹噓的庫利司提沃克。他眞是瘋了才會離開！他眞希望自己可以召喚所有北方的靈，立刻就回到雪地上，奔向他心愛的女人。可是他不行，他只能傻不楞登地待在這裡，脖子上圍著一條小毛巾，任由一個女人抹來抹去，像在幫小孩子擦臉似的。

就連瑪希·雅莉克絲充滿同情的目光也讓他無法忍受，讓他想起自己看起來有多麼軟弱，有多麼慌張失措。

突然間，他們聽見兩個女人在走廊上吵架的聲音：

「您應該事先做簡報的！」

「可是沒有人說要提到你們公司啊。這是教科文組織……」

「眞是亂搞，您知道我們在這項維護計畫裡投注了多少資金嗎？」

「這又不是廣告節目。」

「是嗎？新聞是純潔的，是這樣嗎？等我們要決定廣告預算的時候，我們會記得的！」

他認出弗蘿倫絲的聲音，她是石油公司大首領的手下（「媒體公關主任」，他記得是這樣），她也是瑪希·雅莉克絲的朋友。現在，不只是一大堆災難降臨在他的身上，還有人在爲他吵架。他知道瑪希·雅莉克絲也聽見了。化妝師剛把他脖子上的毛巾拿掉，他蹦一下就站了起來。他想離開，他想逃離這個地方，逃離這個恥辱之地。正當憤怒的淚水湧上他的眼眶，化妝間裡卻進來了一些人想跟他說話，向他致意。可是瑪希·雅莉克絲把他們擋開，把尤利克拉到她背後。

「對不起，」她說：「我們還有另一個約！」

這會兒他們坐上了瑪希．雅莉克絲的小車子，在車陣當中，車子鑽來鑽去，開得比平常還快。瑪希．雅莉克絲想帶他去找個避風港，她對這一切心知肚明。可是，這是第一次，他想要一個人獨處。他不想感覺到她的同情——那又是一項附加的恥辱——他寧願她載他回旅館，他可以把羞愧藏在他房間的孤獨裡，點幾杯北極熊然後叫那個戴耳環的喀卜隆吶克美女來陪他，讓他重新感覺到自己是個男人。可是他要怎麼做才能讓瑪希．雅莉克絲明白？

他始終沒想出該怎麼開口，一起走進公寓的時候，他沒想出來，瑪希．雅莉克絲把門在他們背後關上的時候，他也沒想出來，她轉過身來吻他的時候，他還是沒想出來，兩人進了她的房裡，還是沒有，他感覺到她全身赤裸貼在他身上顫動的時候，還是沒有——不過此刻，他已經不想告訴她，他想自己一個人獨處了。

尤利克和瑪希．雅莉克絲睡了，兩人互相依偎著。

瑪希．雅莉克絲躺著，裸著身子，皺皺的被單橫過她的胯部，她像一尊靦腆的雕像，夢幻的笑容、小小的乳房、長長的睫毛在她緊閉的眼簾上，還有她的快樂，讓她今天看起來像個少女。這是許久以來的第一次，她裸著身體躺在一個男人的身邊。她夢見她很快樂。

尤利克趴著。他厚實鼓脹的背像一根大骨頭放在床上，彷彿有一頭野獸的靈還在他的身上。他的手臂橫過瑪希．雅莉克絲白晰的腹部。他夢到了因紐特人的國度。

有人走進公寓的聲音把他吵醒了。他突然意識到自己一絲不掛，獨自躺在瑪希．雅莉克絲的雙人床上。他一骨碌跳了下來。

他聽見腳步聲往半掩的房門靠近了。

「媽媽？」

聽見茱莉葉特的聲音，他僵住了，不知所措。他該出聲讓她知道自己在這裡嗎？還是什麼都別說？可是說不定她已經聽到聲音了。瑪希．雅莉克絲在哪裡？應該是又回去工作了吧。

「尤利克？」

茱莉葉特出現的時候，他只來得及拿被單裹住自己，她像一隻已經懂得獨自覓食的漂亮小水獺，一臉好奇又擔心的表情。

「我……我正要去泡澡。」他一邊說，一邊指著浴室的門。

她露出微笑。

「可是浴缸又不在那裡！」

她說得沒錯，最大的那間浴室在公寓的另一頭。

突然間，他看到茱莉葉特的目光停留在他散落在地毯上的衣服，也看到又皺又亂的被單，他發現她迷人的臉正在漲紅，同時感到一股熱意襲上自己的臉頰。她掉頭跑向她的房間。他聽見房門「砰」的一聲關上了。

他覺得愧疚。這種事誰想得到？茱莉葉特不應該這麼早就放學的。瑪希．雅莉克絲離開之前應該先叫醒他的。在這種情況下，到底該怎麼做比較得體，他完全沒有概念。

他沒有徵求瑪希．雅莉克絲的丈夫允許他親近她——在家鄉的話，他就會這麼做。可是那個人或許已經不是她的丈夫了，她在這一點上從來就不是很清楚。而且，他知道茱莉葉特和托馬還是繼續和他們的父親來往。茱莉葉特會不會以為他——尤利克——即將成為他們的母親的新丈夫？因為他的族人沒有什麼其他的儀式，只要家人同意，接下來就一起住在同一個屋簷下了。

可是他不能當瑪希．雅莉克絲的新丈夫，因為他想回到因紐特人的國度。在此同時，當他想起她裸身貼著自己，想起做愛時她的輕聲喘息（和他在旅館遇到的那個年輕女人完全不同），他的心裡就會一陣悸動，覺得很快樂，也很驕傲，因為自己穿透了一個如此珍貴又迷人的女人的身體。

他終於走進浴室，眞的開始在浴缸裡放水了，他一邊看著熱水在浴缸裡沖出漩渦，一邊在那兒胡思亂想。一隻塑膠做的小鴨子從浴缸邊上滑了下來，漂浮一下子之後，隨即消失在水龍頭噴出的瀑布底下，接著又在稍遠處浮出水面，然後又再次陷入漩渦裡。

此情此景，彷彿有個靈想要對他顯現此刻的處境。我就是這樣，他心想，在這片異國的土地上，幾乎無法主宰自己的命運，就像這隻小鴨隨著水波不停地晃蕩。

「我們被邀請了。」瑪希·雅莉克絲說。

「我們？」

「對呀，您和我。我畢竟是您的地陪。」

她隔著喝咖啡用的碗對他微笑，然後把邀請卡遞給他。

邀請卡上印了一頭馴鹿，或是什麼很像馴鹿的動物。馴鹿的下方寫著總裁——就是設置了石油探勘基地的那家公司的總裁——很榮幸邀請他們出席他們團隊的晚宴。

「他想要收編您。」瑪希·雅莉克絲說。

「對不起，我沒聽懂。」

「他想要……讓您高興，然後您就會站在他的那一邊。」

「爲什麼？」

「爲了他企業的形象啊。您知道的，尤利克，石油公司在這裡的形象都不太好。相反的，因紐特人，大家都對你們有好感。所以石油公司才會捐這麼多錢給教科文組織去保護你們的部落。他們要在那裡設一所學校、一個醫務所……諸如此類的。」

尤利克陷入沉思。這一切說是要保護他部落的事，在他看來反而威脅著他的部落。他想起首領在電視上眞正說的那段話。喀卜隆吶克人別有意圖，可是他們的行爲舉止卻像〈熊和園藝師〉這則寓言故事裡的那頭熊，牠想要保護主人不受蒼蠅干擾，結果卻殺了自己的主人。

瑪希．雅莉克絲又看了一次邀請卡。

「喔，原來我們可以去參加打獵，然後晚上才是酒會，之後是晚宴。」

「這是一場打獵的活動？」

一股興奮的電波襲遍他全身，終於有一樁令人振奮的事了。除了女人，打獵對一個眞正的因紐特人來說，是生命裡另一個最重要的元素。石油公司的總裁眞是個聰明人。

「是啊，您可以看到，我們要獵捕的那種動物就畫在這上面。」

「用獵槍嗎？」

「不是，是用圍獵的。有狗，還有馬。噢，這麼看來，您好像很感興趣。」她笑著說。

說也奇怪，他們對話的方式跟以前一模一樣，他們繼續以「您」相稱，彷彿他們不是已經上床纏綿了好幾回。前一夜，瑪希．雅莉克絲很晚才回到家——她說她去參加了一場應酬晚宴——然後他們很快就讓激情取代了一切，根本沒說上幾句話。一個喀卜隆吶克女人從來不說愛，這是正常的嗎？然而根據他前一夜在電視上看到的，這似乎是她們的一種習慣。

他在等瑪希．雅莉克絲回家的時候看了很長的一齣電視劇，有個髮型很漂亮的女人正在對一個頭髮花白的男人說，她想知道「他們要往哪裡去」，可是他們一直待在同一個房間裡打轉。後來他才搞懂，他要男人告訴她的是他們之間的關係「要往哪裡去」。接著他開始隨便轉臺——連番轟炸似的廣告和音樂短片，他和一些幾乎衣不蔽體的妙齡女郎的目光交會，每個人看起來都是一臉的春情蕩漾——他無意間看到一個節目，裡頭有好幾個年輕女人在談她們怎麼樣才會愛上一個男人，還描述她們想要的男人的典型。他發現幾乎所有女人都希望她的男人「擅長運動」。他聽了很放心。擅長運動，他覺得自己應該就是這一型吧，因紐特人的「好獵人」應該就是這裡所謂「擅長運動」的同義詞吧。她們也希望她們的男人「有幽默感」、「有毅力」，還要「善體人意」。毅力，他知道自己一點也不缺，不然他這個孤兒也活不下來。至於幽默感，他就比較不確定了……他當然也可以讓瑪希．雅莉克絲發笑，只不過有時候並不是故意的。至於善體人意，他不知道這指的是不是一般的理解能力——如果是的話，打從他抵達以來，他完全感覺不到自己善體人意——或者指的只是猜出女人心裡的渴望和感覺的能力。可是就算是後者，他也覺得自己很匱乏，他之所以看不起自己，首先是因爲他完全不明白在旅館遇到的那個年輕女人的意圖，而且他直到事情發生了才發現瑪希·雅莉克絲對他有好感。不過，當然囉，他可以努力讓自己進步——就像漸漸明白獵物的習性和反應，成爲一個好獵人——只是他缺乏可以觀察學習的模範，就像小時候在村裡那樣。

這些女人上電視談她們對男人的期待，看起來似乎很開心，可是這個主題透露了她們都是獨自一人。她們爲什麼不會覺得悲傷或不好意思呢？在因紐特人的國度，她們的孤獨意謂著她們有缺陷，個性不好，或是她們沒有能力把丈夫照顧好。可是會不會是上電視的歡樂遮掩了她們的悲傷？還是她們猜想面帶微笑比較容易吸引男人？因爲他也留意到，所有看這個節目的人都可以打電話進去給她們。有個微胖的金髮小女人特別讓他感興趣，她說她喜歡「自然、野外的空氣、閒逛、出國旅行」。這一切都讓他覺得，她應該不討厭在因紐特人的國度生活吧。他在腦子裡玩味了一下「打電話給她」的這個念頭，可是這邊有瑪希·雅莉克絲，那邊有吶娃拉吶娃，他知道打這通電話並不實際。他亂看電視的娛樂最後是被托馬打斷的，他一放學回家就立刻要尤利克再說一次獵捕北極熊的故事給他聽。他漸漸明白托馬有什麼問題了：只要對一個主題產生興趣，這個小男孩就會沒完沒了地一提再提。他講這個故事講得有點倦了，而且一再重複這個故事，他害怕又會吵醒被他觸怒的吶努克之靈，可是托馬一點都感受不到他的猶豫。前一天晚上也一樣，托馬跟他講了好久的天文學，這是他的愛好之一，他對他細數地球和每一顆星星的距離。除此之外，他是個很乖的小孩，只是他對周圍的事物不夠注意，沒辦法成為一個好獵人。不過話說回來，他根本也不需要成為一個好獵人。

「這場打獵，我可以騎到馬上嗎？」他在喝早餐咖啡的時候問了瑪希．雅莉克絲這個問題。

他已經在照片上看過騎馬的人和他們的馬了，他覺得看起來並不難。

「可是尤利克，您從來沒騎過馬呀！」

「我是沒騎過馬，可是我駕馭過雪橇犬。我可以找一匹馬來試試看，打獵開始之前，我可以先去試一下。」

瑪希．雅莉克絲有點猶豫，可是同時尤利克也感覺得到，他渴望騎馬這件事讓她很高興。每次他看起來開心的時候，她似乎也很快樂。這就是愛，想到這裡，他的心裡突然微微一震。

這時，茱莉葉特走進廚房，一臉怏怏不樂、沒睡好的樣子。他刻意不去看她，不只是因為昨天她發現的事，另一方面也因為他覺得她有點太漂亮了，而且這天早上，他覺得她的身體在她穿著睡覺的棉織薄衫底下，看起來有點太暴露了。他在瑪希．雅莉克絲的房間裡碰到茱莉葉特的事，她跟她母親說了嗎？他跟瑪希．雅莉克絲是隻字未提，現在他發現自己錯了。

茱莉葉特坐了下來，看了他們兩人一眼，用的是那種可以歸類爲奸詐的眼神。

「睡得好嗎？」她問道。

問題似乎是同時對兩個人提出的。

「很好啊，妳呢？」

「噢，還好啦。」

她給自己倒了咖啡，加了牛奶，然後用兩手端著碗開始喝，彷彿在這個彆扭的早晨，這只碗對她來說實在太重了。喝咖啡的時候，她的兩眼始終直盯著尤利克。尤利克則是把目光轉到別處。

「您要留在這裡嗎？」她突如其來地問了他。

「留在這裡？呃，我不知道……」

「茱莉葉特，尤利克是我們的客人。」

「我們的客人還是妳的客人？」

「茱莉葉特！」

瑪希．雅莉克絲的臉色發白。

「茱莉葉特，如果妳有什麼話要對我說，我們可以等一下再說，不必把大家的早餐都搞砸。」

茱莉葉特咕噥著。

「禮貌，每次都是禮貌。」

「很好。還有，不要在咖啡裡加太多牛奶，妳自己知道，等一下妳就會消化不良了。」

茱莉葉特故意繼續往碗裡倒牛奶。這時，托馬走進廚房，親了每一個人，一個接著一個。

「媽媽早安，尤利克早安，茱莉葉特早安。」

就連托馬這麼專注於自己內心世界的小孩都感覺得到廚房裡的氣氛有點僵。他坐了下來，看著大家。

「怎麼了？我做了什麼事嗎？……」

「沒事，沒事，托馬。」

「好吧！」

他開始仔仔細細地給烤麵包塗上奶油。所有人都望著他，藉此避開其他人的目光。

「尤利克，你說熊的故事給我聽好不好？」

這一次，尤利克很高興可以再說一次同樣的故事。

這到底是什麼樣的瘋人世界，

這樣的女人怎麼會被遺棄在孤獨裡？

「我的北方來的小禮物。」她一邊說著，一邊輕撫他的臉頰。

孩子們都上學去了。他們又躺在床上，依偎著對方。她對他輕聲說著溫柔的情話，他則是貼近她，看著她藍色的眼珠，看著她在粉紅色的嘴唇間閃閃發亮的牙齒。粉紅色、白色、藍色，他開始非常欣賞這種新的和諧狀態。她繼續喃喃低語：

「我的北方來的小禮物不太知道該對一個瘋瘋的喀卜隆吶克大女人說些什麼。」

「我的南方來的大禮物。」

她笑了。

「如果我想得沒錯，我們進行的事情就是在交換禮物。」

「事情是應該這樣，」他說：「兩種文化之間如果沒有交換禮物，就不會有和諧的關係。」

她笑了，接著沉默不語，臉上飄過一團輕飄飄的雲。

「在擔心什麼事嗎？」他問道。

「茱莉葉特。」

「您得跟她談一談。」

「要跟她說什麼呢？」

他不知道該如何回答。

「跟她說……說我很喜歡她，說我不會傷害她的。」

瑪希．雅莉克絲笑了。

「噢，可是我不認爲她是在怕這個。」

「那她爲什麼看起來不高興？」

他知道自己不太明白喀卜隆吶克的家庭是如何運作的。

瑪希．雅莉克絲望著他。

「因爲……噢，您別再擔心這件事了，這不是您的問題。我會跟她談一談，我最近太少見到她了。」

「那她的父親呢？」

「他不會有任何意見的，這個蠢貨！」她望著天花板，聲音突然變大了。

尤利克從來沒聽過「蠢貨」這個字眼，不過他感覺得出來，這不是讚美。她又望著他了。

「北方來的小禮物，您別爲茱莉葉特擔心了，也別爲我擔心了。」

「南方來的大禮物，只要我看到妳們露出微笑，我就不會爲妳們擔心了。」

可是她不再微笑了。她支著手肘把身體撐起來——正好讓他看見她迷人的小乳房。

「我在想……或者該說我都沒想過，教科文組織會不會贊成我們交換禮物。」

「我是世界人類遺產，不管我做什麼，都會被認爲是對的，是好的。」

她又笑了。

「北方來的小禮物很快就瞭解了喀卜隆吶克人的世界了。可是南方來的大禮物會被人家說得很難聽。」

「南方來的大禮物在她的網子裡撈到一個可憐兮兮、迷失方向的因紐特人。」

她的身體一顫。

「是這樣……您是這樣看事情的嗎？」

「當然不是，瑪希．雅莉克絲，我是開玩笑的。」

「對不起，是我自己白痴。」

「您永遠都是我的南方來的大禮物。」他一邊說著，一邊把她擁在懷裡。

「好吧，我比較喜歡這樣。」

他緊緊擁著她，他感覺到她的臉頰貼著他的脖子，近得連她的聲音都悶住了。

他發現她哭了。

「瑪希．雅莉克絲？」

她吸了吸鼻子。

「對不起……我已經很久沒這樣了。」

她流淚是因爲已經很久沒有男人將她擁在懷裡了。

當尤利克感覺到她的眼淚濡濕了他的脖子，他心想，這到底是什麼樣的瘋人世界，這樣的女人怎麼會被遺棄在孤獨裡？

稍晚她出門去買東西的時候，電話鈴響了。通常瑪希·雅莉克絲不在家的時候，他會讓答錄機啓動，可是這次他在某種反射作用的驅動下，想都沒想就把電話接了起來。

「喂？」

是一個男人的聲音。

他覺得尷尬了，心想是不是最好不要出聲，然後趕快把電話掛上。男人繼續說。

「您是尤利克嗎？」

他非常驚訝，照理說，應該沒有人知道他待在瑪希·雅莉克絲的家呀。

「是啊，我是。」

「啊，我是艾克托醫生。」

「艾克托醫生？」

「是啊，我是托馬的心理醫生，他經常跟我提起您。」

「他是個很乖的男孩。」

「可不是嗎？是這樣的，我想跟您見個面。」

就一個專業的醫生來說，艾克托醫生看起來算是年輕的。他戴著一副圓框眼鏡，蓄著小鬍子，想事情的時候經常捻著鬍子。如果他要跟您談話，他會坐到他的書桌旁邊，這樣在你們之間才不會有障礙物。瑪希·雅莉克絲跟他解釋過，在喀卜隆吶克人的醫生當中，還有一些傳統領域之外的專業，艾克托醫生的專長就是照顧人們的心靈。尤利克問過，艾克托醫生會不會召喚祖先的靈，或是動物的靈，還是某個神明的靈？

「不會。有些心理醫生會召喚夢境。也有些心理醫生會開藥給病人吃。還有一些心理醫生會告訴病人，他想事情的方法有哪裡是不合理的。」

「您的意思是，就算在這些專家當中，也還有不同的專家？」

「是的。」

「可是這樣怎麼知道哪一種心靈的醫生適合你們呢？」

「這確實不容易。通常我們得試過好幾個才找得到。不過在所有醫生當中，托馬跟艾克托醫生最合得來。」

尤利克很快就知道爲什麼了：艾克托醫生看起來是眞的對別人告訴他的事情感興趣，他不會讓人覺得他的親切是裝出來的——他在這裡遇到不少人也很親切，不過都是裝出來的。

尤利克一邊告訴他，自己如何來到這個國家，一邊以目光梭巡擺滿了書的書櫥，他還留意到幾尊神或女神的小雕像，可是它們既不像因紐特人也不像喀卜隆吶克人。突然間，噢，一個驚喜，他在兩本書之間看到一尊因紐特的雕像，那是一尊石雕的熊，正在變形長出兩隻大翅膀，在背後伸展開來。

「這是我從魁北克帶回來的。」艾克托醫生說：「您的部落有雕刻師嗎？」

尤利克回答說有，心裡想著下次要帶一尊用獨角鯨長牙做的雕像給艾克托醫生。

「好的，我要說了，」艾克托醫生說：「我不知道您有沒有發現托馬是個有點特殊的小孩？」

「有啊。他對他腦子裡想的事很專心，卻會忘記身邊發生的事……」

「這個講法很好。」

「……他也很喜歡重複說同樣的事，或是聽人重複說同樣的事。我應該至少說了六次獵熊的故事給他聽了。」

「是啊，他也至少說了這麼多次給我聽了。」艾克托醫生帶著微笑說：「可是，如果我的理解沒錯的話，你們打獵是不用獵槍的？」

尤利克解釋說，事實上，他的部落是世界上最後一個不用火器的部落。對他來說，這是一個値得驕傲的理由，可是艾克托醫生還想知道更多。

「爲什麼是對您來說，對其他人來說不是嗎？」

「因爲我們的首領決定要這樣。」

他們的首領年輕時見到發生在南方的因紐特人身上的一切——他們接觸了喀卜隆吶克人。於是，他決定將他的部落向北遷移，不論任何事情都不要倚賴喀卜隆吶克人，他的部落要繼續過和祖先一樣的生活。

「他認爲我們如果開始用獵槍，那就是我們文化滅亡的開始。」

「我想全世界任何地方都有拿破崙，因紐特人的部落也不例外。」艾克托醫生歎了一口氣。

尤利克知道拿破崙是喀卜隆吶克人的一個偉大的領袖；他覺得這應該是個讚美。

「我們回頭來談托馬，」艾克托醫生說：「我相信您對他可以產生好的影響。他來看診的時候，我試著訓練他去關注發生在他身邊的事，包括對我。我相信您也可以幫助他。」

「他的父親會管他的事嗎？」

「嗯……這個問題很難回答。看診的費用是他父親付的，可是我覺得他不太管托馬的事。他的新任妻子也是，在我看來她不是很有母性。我想他們覺得照顧托馬很累；他去他們家度週末的時候，他們都讓他一個人玩，反正托馬剛好也有這樣的傾向。」

他試著想像這個畫面：一個孩子自己在玩，身邊沒有其他的孩子！這就像自己一個人關在房裡，眞是太不正常了。

「可是爲什麼托馬會這樣？是因爲他的父母不在一起了嗎？」

「我有些同行會回答你，是的。不過我不認爲。我覺得托馬一直都有這種從他的世界抽離的傾向，不過，當然啦，他父親的離開對這一點是沒有任何幫助的。」

尤利克非常好奇，他想知道更多關於托馬的父親的事，可是他心想，問這種事會不會不太得體。不過艾克托醫生似乎是無話不談，於是他鼓起勇氣：

「可是爲什麼他會跟一個像瑪希．雅莉克絲這樣的女人離婚呢？」

「嗯，這個問題有很多的答案。不過如果您想聽我的看法，那是因爲他想要感受到自己被一個比瑪希．雅莉克絲年輕又沒她那麼聰明的女人崇拜。男人很喜歡感受自己被人崇拜、被人尊敬的感覺；我想因紐特人應該也是這樣吧，而跟一個認識您太久的女人在一起，這種事太難了。」

「我明白了，可是他爲什麼不留下瑪希．雅莉克絲？」

艾克托醫生露出微笑。

「噢，那是因爲她不會想要這樣！在這裡，女人是不會接受跟人共享一個男人的。因紐特人不是這樣嗎？」

「因紐特女人也不喜歡這樣，不過如果您是個好獵人，有時您可以擁有兩個妻子。一個比您優秀的獵人也有可能從您那裡帶走一個，甚至兩個都帶走。」

「哇，眞想不到！那這種方式一直都沒問題嗎？」

「不一定。您可以向對方提出決鬥的要求，如果您打敗他，女人就跟您走。不過她也可以拒絕。有時候這其中還摻雜了嫉妒的因素，而且有時候會有人殺了另一個人。」

「我還以爲因紐特人沒有嫉妒這回事呢！」

「對啊，好奇怪，這裡有不少人都這麼想，已經有人這麼跟我說過了。可是事情並非如此。」

想到吶娃拉吶娃獨自一人和那個愛吹噓的庫利司提沃克待在一起，他的心又痛了起來。

「所以你們也有離婚這種事囉？」艾克托醫生問道。

「有啊，不過我們很快就會再結婚了，一個女人總是可以找到一個想娶她的男人。所有人都知道男人不能沒有女人，不然他就會凍僵。而且單身的男人有可能會給別人的家庭帶來麻煩。而且沒有女人，怎麼會天天有合適的衣服可以穿去打獵呢？一個女人的單身狀態永遠不會太久。女人永遠不會一個人生活。」

「嗯……我懂了。」艾克托醫生說：「在這裡，事情很不一樣。在這個城市裡，差不多有一半的女人都是自己一個人生活。」

尤利克花了好幾秒鐘才消化了這條資訊。有幾百萬個家裡沒有男人，那些女人在夜裡都是獨自一人躺在床上。

「可是……她們沒有丈夫嗎？」

「有些人曾經有過，有些人沒有。」

「怎麼可能有這種事？」

「噢，這個問題有點複雜。第一個原因應該是因爲婚姻制度不再是必要的了。」

「它以前是必要的嗎？」

「差不多是。女人以前需要一個丈夫才能離開原來的家庭，才能保障她們還有未來與孩子的生活……而男人如果想跟女人上床的話，也一定要把她們娶回家！」

他開始明白了。在這裡，似乎可以跟女人上床而不必把她們娶回家，也可以跟比較年輕的女人離開，而不要留下原來的。

「所以，這是男人的錯囉？」

「事實上，這個問題還要更複雜些。」艾克托醫生說：「跟從前完全不同的，還有避孕的方式。從前女人會害怕，她們很怕沒有結婚就做愛，因爲她們有可能會生下小孩。現在她們已經從這個擔憂之中解放出來了。」

艾克托醫生向尤利克解釋什麼是避孕藥。尤利克想起他和嘉桑特在一起的新發現：保險套。

「那因紐特人呢？」艾克托醫生問道。

「因紐特女人只有在夏天才有月經。也就是這個時候，太陽永遠都不會下山，這是所有人最想做愛的季節。不過對我們來說，我們的人口太少，所有嬰兒我們都很歡迎……」

「擁有一個眞正屬於愛的季節……」艾克托醫生一副若有所思的表情。

「……除非發生饑荒。」

他不敢告訴艾克托醫生饑荒的時候會發生什麼事：他們不得不殺死一些嬰兒去拯救其他的嬰兒。他從來沒見識過這種事，不過他知道族人有這種做法。顯然喀卜隆吶克人已經很久沒遇過饑荒了，可是在這個大城市裡，他卻很少看到小孩。

「爲什麼你們不多生一些小孩？你們的社會看起來這麼富裕！」

「問得好，」艾克托醫生說：「……可是我想下次再談比較好，因爲今天下午我還有幾個患者要看，有不少都是獨自生活的女人，眞巧。」

尤利克回到瑪希．雅莉克絲的公寓，她給了他一副鑰匙讓他可以隨意出入。他在樓梯上碰到鄰居，他現在已經習慣對人們微笑，對人們說「您好」，不會繼續說下去。他剛走到門房的時候，門就打開了，門房太太隨即出現：

「有一封信應該是要給您的。」瑪麗亞說。

瑪麗亞的個子不高，有一點胖，有些因紐特女人的身材就像這樣（當然了，無人能比的、修長的吶娃拉吶娃不是這樣）。

她遞給他一封蓋了郵戳的信，信先是寄到教科文組織，然後又被寫上瑪希．雅莉克絲家的地址。他很驚訝。

「我在電視上看到您。」瑪麗亞說。

「對我來說，那不是很好的回憶。」

「怎麼會呢，您表現得很好。而且，我很喜歡您提到女人嚼皮革的事，我心裡想，這應該可以止住飢餓感吧，這可是個瘦身的好方法，而且，還可以給自己做幾雙漂亮的靴子！」

「妳別再煩尤利克先生了。」一個雄性的聲音從門房裡頭傳了出來。

「我哪有在煩他，我們在聊天，你不會懂的。」

米蓋爾出現了，跟平常一樣帶著一臉睡意。他晚上在一處永遠不停工的工地工作。

「我很喜歡那個報導。」他說：「你們捕鳥的方法太厲害了。您看過人家怎麼捕斑尾林鴿嗎？」

「沒有。那是一種鳥嗎？」

「是啊，長得像大隻的鴿子。我們也一樣，我們用網子捕鳥，都是在山裡，在我們國家的邊界那裡。」

「你們可以捕很多嗎？」

「好年頭的話，是很多。我們得好好聊聊這個話題，您找一天過來喝一杯吧。不過現在我得去睡了……」

他轉身去睡了，瑪麗亞沒再拖著尤利克，他一邊上樓，一邊激動地把信封打開。那是寬南威薩亞克寫來的。

親愛的尤利克：

這裡一切都好，只是事情繼續在改變。石油基地又擴大了，你的村子只好搬到山丘的另一邊。喀卜隆吶克人說要把雪地摩托車借給你們，幫部落搬運東西，可是你的首領拒絕了。他非常不高興。庫利司提沃克從喀卜隆吶克人那裡弄來一把獵槍，他去獵麝牛，一天到晚在吹噓。

你離開之後，村子裡多了兩個新生兒，不過其中一個死了。石油基地的首領說要叫他們的醫生經常來村子裡幫所有有需要的人還有小孩看診，首領又拒絕了；不過這一次，女人們都不同意，她們很生氣，最後首領只好讓步了。你看事情的變化有多大。

隨信附上某個思念你的人送的東西。趕快回來吧。

願所有的靈都與你同在。

寬南威薩亞克

他仔細看了看信封底部，三根海雀的小羽毛，都是精挑細選的，用一綹頭髮束在一起。**吶—娃—拉—吶—娃**—。

這棟住宅大樓的住戶從來沒聽過因紐特人在樓梯上大吼的聲音，不過一次就夠讓他們畢生難忘了。就像五樓的兩隻約克夏犬，從這一天起，牠們一聽到尤利克走上樓梯的腳步聲，就會開始低聲哀鳴，躲到家具底下。

走進家門的時候，他聽見茱莉葉特的房裡傳出音樂聲。他決定去跟她談一談，因爲他受不了和一個讓他感覺到敵意的人生活在同一個屋簷下。而且，他跟艾克托醫生的談話讓他產生了自信。如果他幫得了托馬，爲什麼他不能幫茱莉葉特呢？

他推開茱莉葉特的房門，嚇了一跳：茱莉葉特跟一個同齡的女孩在一起。兩個纖瘦的年輕女孩懶洋洋地直接坐在地毯上，光著腳丫，應該是正在講一些秘密。這模樣跟因紐特少女沒有兩樣，或者該說，世界上任何地方的少女都是如此。

「尤利克，你應該先敲個門吧。」茱莉葉特一臉不屑地對他說。

他楞住了。他忘記敲門了，他忘記用這個奇怪的喀卜隆吶克人的習慣預告他來了。

在因紐特人的國度沒有這回事：想找誰就去找誰，走進他家就是了，不需要任何儀式。

「對不起。」他結結巴巴地說。

茱莉葉特的朋友對他微笑。

「您好，尤利克！」

她比茱莉葉特來得高，棕色的長髮，鼻子小巧到幾乎跟因紐特女人的鼻子一樣短，鼻子周圍是一片漂亮的雀斑，兩眼帶著笑意，眼珠是亮晶晶的棕色，像那種名爲「威士忌」的烈酒，她的頭髮也有這種光澤。她彷彿是茱莉葉特所屬的人種的變種，一頭比較不怕生、比較懂得怎麼跟人玩遊戲的漂亮小野獸。他留意到她穿著一件很短的T恤，短到有時候都看得到她的肚臍——像一道小切口出現在她光滑的肚皮上。她轉頭對茱莉葉特說：

「在愛斯基摩人裡頭，他算是高的，對不對？」

「尤利克，剛才在樓梯上大叫的人是你嗎？」

天哪，她們聽到了。他不知道該怎麼回答。

「尤利克，您好，我叫做狄安娜。」

「您好，狄安娜。」

「尤利克，你別來煩我們好不好？」

「喂，茱莉葉特，我覺得妳對尤利克很兇耶。」

茱莉葉特歎了一口氣，站起來，往門口走去。

「好啊，很好，如果你們想聊的話，聊吧，我有一通電話要打。」

現在他坐在地上，面對狄安娜，他試著不去看她的肚臍，不過實在很難，因爲他不看那裡就會看到她的微笑，或是她T恤底下鼓脹的乳房。爲什麼這裡的女人要這樣展示她們的身體？

「我在電視上看過您耶。」她說。

「喔，是吧，好像很多人都看到了。」

「茱莉葉特跟我們預告說您那天會上電視，我覺得您說的事好有意思。」

「真的嗎？我自己覺得不是很有意思。」

「才不會呢！」

「哪裡有趣呢？您說說看。」

「我……我也不太記得了，可是就是很有意思啊。而且你們部落的生活，還有打獵，這一切都很有意思。而且最後那個很漂亮的愛斯基……喔，對不起，因紐特女人，您認識她嗎？」

「認識。」

「啊，當然囉，我真是白痴，那是你們的部落，所有人都互相認識。」

「不，您絕對不是白痴。」

「噢，您人真好！真希望我的老師都像您一樣！」

他問她以後想從事哪個專業。

「噢，我還不知道。我有個男朋友在廣告圈，說不定我也可以去這個圈子工作。」

他問了她「男朋友」是什麼意思。

「所以，你們會結婚嗎？」

「噢，我不知道。我們已經在一起兩年了，不過我不想要立刻做決定。」

他不明白：如果狄安娜跟她的男朋友處得很好，爲什麼不結婚呢？狄安娜摀著嘴巴笑了，她的反應跟一般的因紐特少女簡直一模一樣。

「我不知道，不過我想我應該是覺得還有其他的事情要經歷，我怎麼會知道他就是對的男人呢？」

他明白了，一個喀卜隆吶克的年輕女孩要跟一些男人交往，直到她找到「對的男人」。那麼如果她在跟第四個對象交往的時候，發現其實第一個交往的對象才是「對的男人」，那該怎麼辦？還有，她對於丈夫到底有什麼期待？他正打算提出這個問題的時候，茱莉葉特回來了。

「好啦，你們彼此認識了吧？」

「當然囉，我覺得妳的朋友尤利克好親切喔。」

「好啊，那就好。現在，尤利克，你可以讓我們兩個獨處了嗎？」

他走了，留下兩個年輕女孩在門後頭繼續她們的竊竊私語。或許她們以爲尤利克聽不到，可是有誰的耳朵會比一個因紐特人的耳朵好呢？

「哇噢！他眞是超性感的！妳媽會這樣，我懂！」

「妳有完沒完？」

他回到他的房裡，腦子裡還留著這個迷人的肚臍在他眼前舞動的畫面，宛如春天綻放的美麗花朵。他歎了一口氣，往床上躺下去。這裡的生活比他想像的更讓人害怕，因爲在這個國家，你會不斷遇到新的女人向你展示身體，要怎樣才能讓心情維持平靜呢？而這些女人，在茫茫的人海裡，她們怎麼有辦法找到「對的男人」？

除了他以外，整張開會用的大圓桌旁坐的都是女人。十三個女人，他數過了，有的漂亮，有的沒那麼漂亮，不過每個女人看起來都很開心，也很興奮，因爲今天會議的主題就是他——尤利克。

瑪希．雅莉克絲坐在他右邊，準備幫他擋掉太直接的問題，或是萬一有他聽不懂的話，她可以解釋給他聽。他在電視臺遇過的那個石油公司的媒體公關主任弗蘿倫絲也在，他覺得她頭髮的顏色似乎比上次見面的時候淡了一點，臉則是一樣清爽，畫著細緻的妝。她講話的聲音就一個女人來說算是大聲的，甚至不時還會打斷另一個女人的話。薇薇安應該就是這家女性雜誌社的首領，此刻他們佔用的宴會廳就在雜誌社大樓的頂樓。

還沒走到宴會廳他已經嚇呆了，因爲一路走過的走廊兩側都是辦公室，裡頭坐的全是女人。放眼望去，連一個男人都沒有。他看見她們每個人都放下工作，看著他在瑪希．雅莉克絲和弗蘿倫絲的陪伴下走過。

「有趣的是尤利克的目光，他會怎麼看這裡的女人？我已經想到一個標題了：『尤利克：他怎麼看我們。』」一個尖嗓子的金髮小女人說著。

「或許可以，不過這樣就要他先解釋一下因紐特女人是怎麼樣的，不然也沒什麼意思。」另一個棕色鬈髮的女人似乎不怎麼欣賞金髮小女人的見解。

「噢，這我就不知道會不會眞的對女性讀者有吸引力了。」一個年紀稍長的女人這麼說，她似乎也是什麼東西的首領。

「我們雜誌的任務就是要爲我們的女性讀者發現新的視野。」雜誌社的首領薇薇安說：「在一個被列爲人類遺產的部落裡的女人的處境，這很有意思。對不對，瑪希．雅莉克絲？」

瑪希．雅莉克絲慢了一點才反應過來，所有人都看著她。

「對不起……是啊，當然是這樣，因紐特女人的生活很有意思。」

「那爲什麼不邀一個女人來？」另一個女人問道，她看起來似乎從一開始就不高興到現在。

「這個好，一個女人！」其他女人高聲叫著：「一個女人，這個好玩！」可是弗蘿倫絲打斷了她們。

「我們現在有一個他們的代表在這裡，他願意來到這裡，我們總不能把整個部落都請來這裡吧。而且尤利克的表達很流利，他是最理想的見證人。這我們先前就說過了。」

「妳們有辦法邀一個女人來嗎？」尤利克問道。

所有人都安靜下來。他心裡想著吶娃拉吶娃。

「我不認爲有這個必要。」薇薇安說：「我們的女性讀者會對您的觀點很感興趣。」

「『他怎麼看我們。』」金髮的小女人又說了一次。

她有個小小的尖鼻子，還有一臉雀斑，這讓她看起來有點像小孩，像一個不乖的小女孩。

「好，」薇薇安轉頭對她說：「妳來負責這次訪談。」

「沒問題。」金髮的小女人說：「尤利克，我們再來約時間。」

「我想我一起參加會比較好。」瑪希．雅莉克絲說。

「是嗎？」金髮小女人看起來不太高興。

「這樣很好，」薇薇安說：「而且說不定您會有一些有趣的問題，瑪希．雅莉克絲。」

「我也想參加，」弗蘿倫絲說：「這個訪談對妳們和我們一樣重要。」

「這已經不是訪談了，簡直就是記者會了。」金髮小女人咕噥著。

「如果妳不想做，我相信有很多人很願意。」薇薇安說。

大家都靜了下來，金髮小女人紅著臉說：「ＯＫ，ＯＫ。」

這時候，棕色鬈髮的女人轉頭看著尤利克，問他：

「尤利克，我們都沒有問您的意見。話說回來，您是怎麼看我們的？」

全場鴉雀無聲，大家都看著他。他也看著大家——漂亮的和沒那麼漂亮的，聒噪的和安靜的，溫柔的和難搞的。他想到那些沒有男人的辦公室，他心想，他覺得她們有一些共同點。

「我覺得……」他開始說了。

該怎麼跟她們說，又不會傷人呢？

「說呀，尤利克，告訴我們您到底是怎麼想的。」薇薇安說。

「也別全說出來呀。」弗蘿倫絲笑著說。

「有什麼關係呢？」金髮小女人說。

他又沉默了一下。有了，他知道該怎麼說了。

「我覺得妳們可以沒有男人，妳們已經學會不要男人也可以生活。」

全場的女人面面相覷。

「女孩們，我找到一個好題目了。」薇薇安說。

不論是不是自己選擇的，

面對孤獨都需要很多勇氣。

「尤利克，您覺得西方女人怎麼樣？」
「很漂亮。」
「謝謝。可是因紐特女人不漂亮嗎？」
「當然也很漂亮。不過兩種不同的風景可以都很美麗。」
「在您看來，一個因紐特女人在這裡生活會快樂嗎？」
「我想她會很快樂，因爲她會發現你們這裡有一大堆美容用品。在我們那裡，女人們也試著製造一些美容用品，可是她們的選擇不多，只有一些動物的油脂。」
「她們還會喜歡什麼？」
「她們可以學一項專長，一門職業，像你們一樣。不過或許她們並不想。」
「爲什麼？」
「這會與她們過去的習慣不一樣，而且如果她們跟男人有一樣的職業，那要男人做什麼？」
「可是我們這裡就是這樣啊，您也看到了，女人和男人可以做的職業幾乎一樣。」

「是啊，我很清楚。我知道在這裡的職業裡，女人可以和男人做得一樣好。甚至在我們那裡也一樣，有些女人也很會駕馭雪橇犬，她們很有勇氣。」

「您覺得這裡的女人也跟因紐特女人一樣有勇氣嗎？」

「那是不一樣的勇氣。因紐特女人必須面對寒冷、飢餓，經常還要面對她們新生兒的死亡，而且，當她們離開營地的時候，碰到一頭熊也不是不可能發生的事。」

「那這裡的女人呢？」

「我可以把我想的講出來嗎？」

「當然可以，尤利克。」

「我覺得這裡的女人很有勇氣面對孤獨。就算是我，剛開始的時候，對我來說要一個人留在房間裡都是很困難的事：這種事在我的家鄉幾乎不會發生。可是我知道這裡很多女人都是獨自生活，沒有男人。」

「可是這可能是她們自己選擇的。」

「或許是，不過不論是不是自己選擇的，面對孤獨都需要很多勇氣。這和面對寒冷或面對一頭熊需要一樣多的勇氣，就算是不一樣的勇氣。」

「那在您看來，爲什麼她們會獨自生活？」

「我不知道，我還沒完全瞭解你們的文化。」

「您沒有一點想法嗎？」

「我想是這裡的女人沒讓人覺得她們需要被保護，所以，或許男人就覺得他們不必留下來。」

「您認爲留在一個女人身邊就是爲了保護她嗎？」

「在我的家鄉是這樣的。不然她們怎麼會有東西吃呢？不過，當然了，如果我們還能愛這個女人是更好。總而言之，在我的家鄉，女人應該結婚、生小孩，我們的人口太少了。」

「所以您覺得這裡的女人和因紐特女人很不一樣。」

「外表上當然很不一樣。在這裡，女人說的話比較多，我甚至看過女人指揮男人。」

「那麼，她們就不再需要男人來保護她們囉？」

「我不知道。我相信她們或許有需要，可是這已經變成只是一種感覺了。我相信她們喜歡感覺受到保護，就算她們已經不需要了。不過說不定這裡的男人已經不知道該怎麼做了。」

「可是您不覺得女人也可以保護男人嗎？」

「當然可以。譬如她們不停地幫我們修補衣服，保護我們不會受寒。」

「當然了，不過當您悲傷的時候，或是您不知道如何從某個情況裡抽身的時候，她們也可以保護您。」
「或許吧……有些女人比較懂得保護別人。有時候，當男人覺得自己脆弱的時候，她們很懂得如何安慰人，這是眞的。可是男人平常最好還是表現出強悍的樣子。」
「您有可能愛上這裡的女人嗎？」
「有可能啊，不過我在家鄉已經有未婚妻了。」
「如果沒有呢？」
「我應該會墜入愛河吧。」
「因紐特人墜入愛河的時候會怎麼樣？」
「我們會不停想著我們愛的人，看到她的時候會覺得很快樂，離開她的時候會覺得很痛苦，我們會害怕她喜歡上另一個人，我們工作的時候很難集中精神。」
「嗯，和我們這裡也很像。」
「這是有可能的。不過一個男人愛得太多不是一件好事。」
「爲什麼？」
「因爲他有可能失去他的力量，變成一個比較差的獵人，或是被他的女人指使。」
「您有可能讓一個這裡的女人指使您嗎？」

「確實這裡的女人比較有指揮人的習慣。我不知道。我或許會不太習慣吧。在這裡，我沒有工作，所以是她養活我的話，那她就可以指使我。可是我不知道我們有沒有辦法再繼續相愛。」

「爲什麼？」

「因爲一個女人要愛上一個表現得不強悍的男人比較難。會讓人想要做愛的是這個部分。」

「因紐特的女人是這樣的嗎？」

「是啊。這裡的女人我就不知道了……我不知道她們墜入愛河的原因是什麼。」

「在因紐特丈夫和因紐特妻子之間，愛還是很重要嗎？」

「是啊，當然是。可是如果男人和女人之間沒有好的交換規則，愛也不可能持續。每個人都得開心才行。在我的家鄉，每個人都知道自己的角色。」

「在我們這裡不是嗎？」

「我還不瞭解你們男人和女人之間的交換系統。當然不是說它不存在，只是不管怎麼說，它好像不是很清楚。」

「您有沒有什麼建議可以給我們的女性讀者？」

「讓男人產生保護妳們的欲望。」

「可是如果男人已經不懂得怎麼做了呢？」

「這樣的話，我就不知道了。他們可以重新學習嗎？我想一份大型的雜誌，像妳們的雜誌，應該可以解釋給他們聽。」

「謝謝您，尤利克。祝您在我們這裡旅居愉快。」

「謝謝妳們熱情的接待。」

「親愛的尤利克，很高興看到您對打獵這麼有興趣。」弗蘿倫絲說。
「是啊……不過很可惜我不能騎馬！」
「我明白，可是您太珍貴了，這種事實在太危險了。」
他坐在一輛越野車裡，這輛車跟石油基地附近看到的車型很像。司機叫做馬歇爾，他的臉頰又肥又紅，是個粗壯的男人。馬歇爾開車，尤利克坐在旁邊，弗蘿倫絲和瑪希．雅莉克絲坐在後座靜靜地聊著。跟馬歇爾相反，她們看起來對打獵沒什麼興趣。尤利克很快就跟馬歇爾聊開了，他不時還會告訴尤利克一些樹名，還跟他解釋這種圍獵是如何進行的。
弗蘿倫絲比瑪希．雅莉克絲年輕一點，儘管她不知用了什麼神秘的方法讓她的金髮看起來非常光滑又閃亮，儘管她身上有許多珠寶，儘管她畫的妝可以說是他在這裡見過畫得最完美的，可是年輕女孩的靈似乎已經不在她身上了。（瑪希．雅莉克絲只會塗一點口紅，加上一點眼影，他喜歡這樣，因爲如果不能嚐到眞正的皮膚，要怎麼去愛一個女人呢？）弗蘿倫絲的聲音沒有瑪希．雅莉克絲的聲音裡的那種溫柔，她的動作比較粗魯，她的個子沒那麼高，可是比較壯——事實上，我們會覺得安置在她身上的是一個男人的靈。她沒有結婚，也從來沒生過小孩，她的身上似乎找不到任何缺點。

瑪希．雅莉克絲和弗蘿倫絲認識很久了，她們以前讀的是同一所給喀卜隆吶克首領的女兒讀的小學。

「是我們要圍獵的動物！」馬歐爾大叫。

在他們前方很遠處，尤利克看見一頭鹿飛躍著穿過林間小徑，隨即消失在濃密的森林裡。一秒鐘後，他們看見一大群狂吠的狗又竄又跳地越過他們的車前，接著是那些穿著一身紅衣的騎士，跨坐在這些叫做馬的大型獸類身上，這種獸類滿嘴都是泡沫，眼睛突出，他看到第一眼的時候幾乎要害怕起來。

「牠累了，」馬歐爾說：「他們快要抓到牠了。」

「這是我最討厭的時候了。」瑪希．雅莉克絲說。

「妳太敏感了，」弗蘿倫絲說：「生活終究就是這麼回事啊！」

「或許吧，不過我可不是生來要被強迫去喜歡生活的每一個面向。」

「尤利克，您覺得怎麼樣呢？」

他轉頭看著她們，她們也望著他，等著他回答。看到這兩個女人問他有什麼看法，他覺得眞是奇怪，他對她們的世界知道的那麼少。

「在我們那裡也是，打獵是我們的世界的一部分。」

「啊，妳看吧。」弗蘿倫絲對瑪希．雅莉克絲說。

他看見瑪希．雅莉克絲有點發窘，彷彿他剛剛背叛了她。於是他繼續說：

「不過我們打獵的目的只是爲了餵飽自己，或是爲了毛皮。」

「啊，我就知道是不一樣的。」瑪希．雅莉克絲說。

「總之，這是一項傳統，」弗蘿倫絲不耐煩地說：「你們也有一些傳統吧，不是嗎？」

「跟這裡的不一樣。我們的生活裡只有一些必需、不可少的。」

從弗蘿倫絲看他的方式看來，他知道她很容易生氣。

「哇靠！如果他們從那裡走的話，最後會跑到布夏湖那裡，」馬歇爾一邊踩油門一邊說：「這下讚了，一次漂亮的『阿拉力』[5]就要開始了！」

可是尤利克應該永遠都搞不懂，什麼是一次漂亮的「阿拉力」。

那頭鹿鑽進森林邊緣一棟房子的花園裡，屋主是個少婦，穿著園藝工作服，堅

5 阿拉力（hallali）：音譯，源自古法文的口語，原意爲「呼喚人過來這裡」。在圍獵活動中，獵物被獵犬包圍時，獵人會發出呼聲或號角聲，此刻獵物只能坐以待斃，這個時刻就是「阿拉力」。

持不肯讓騎士們進去。獵犬們爭先恐後地追了進去，一直追到屋子前面，鹿一個飛躍，跳上停在一旁的汽車引擎蓋上。從馬歐爾的反應看來，尤利克知道這輛車價值不菲。

「哇靠，是BMW耶，這下慘了！」

少婦對著獵狗和騎士大吼，彷彿那頭鹿的靈上了她的身。

「又是個要命的『布波族』[6]，整天反對打獵。」弗蘿倫絲不耐煩地說。

正當獵狗們想要跳上引擎蓋的時候，鹿優雅地跳上了車頂，賴在那裡不走，鹿蹄結結實實地踏進了車殼，不時還用鹿角頂一頂想要爬上來的獵犬。少婦繼續大叫——尤利克聽到「憲警」、「法院」這幾個字眼。最後，兩個手拿馬鞭的騎士下了馬，把獵狗集合起來，趕出這座花園。鹿還是在那裡動也不動，像一尊雕像似的，把車子當成底座，直挺挺地站在車頂，細緻的鹿頭昂揚著，像是勝利的標誌，這時少婦提著滿滿的一桶水慢慢走了過來。

馬歐爾重新發動了汽車，尤利克觀察著那些在車旁轉來轉去的騎士。他在他們

6 布波族（bobos）：「布爾喬亞」與「波希米亞人」這兩種屬性截然不同的社會階層所構成的混合字，意指有錢過精緻生活卻又浪漫不羈、不墨守社會成規的人。

冒著火的眼裡看到獵人被剝奪獵物的憤怒，這種事也會發生在因紐特人的身上——一頭昏昏欲睡的海象突然睜開一隻眼睛，看見你，接著立刻潛入了海裡。在這裡，雖然他們的馬這麼巨大，他們的服裝如此怪異，他們的狗也長得這麼奇怪，他還是覺得他們有點像他的兄弟。

所有人都回到早上出發的地點，在這座花園豪宅裡享用晚餐。

「我很想知道尤利克對我們的傳統有什麼想法。」瑪希．雅莉克絲露出她迷人的淺笑，不過這笑容並沒有讓弗蘿倫絲露出微笑。

「尤利克！尤利克！尤利克！」全場響起一陣有節奏的歡呼。

晚宴已近尾聲，尤利克看得很清楚，有很多人明顯地喝多了葡萄酒和其他他剛認識的酒。瑪希．雅莉克絲在他耳邊說，該是他去做個小小演說的時候了。她始終喝得極爲節制，甚至還留意不讓人太常幫她把酒杯斟滿。

他站了起來。在他周圍的牆上，有很多鹿頭好像睜大了深邃的眼睛盯著他看，他有一種怪異的感覺，似乎有些動物長長的脖子微微動著，爲的是盯著他看得更清楚。他的位子在長桌的盡頭，從這裡看得到所有在場來賓的目光都轉過來向著他。大部分的男人和一部分女人還穿著他們的打獵服裝，這讓他們看起來很像一小支剛打完一場漂亮戰役的古代軍隊，晚上聚在一起慶功。在這裡，女人也打獵，這也再次證明了喀卜隆吶克女人決定要做所有男人做的事。

喝餐前酒的時候，他做了第一次演說，總裁走過來跟他握手，所有人都圍繞著他們兩人。總裁是個很高大的男人，一頭漂亮的銀髮加上一雙銳利的眼睛，尤利克心想，儘管今天的打獵活動以失敗收場，但他一定是個偉大的獵人。

「親愛的尤利克，」他說：「我想要告訴您，您的演說非常動人。事實上，我也很希望我的演說可以這麼好，可是我得承認自己的能力有限。」

人們恭敬地笑了。看我們的總裁多麼謙遜！他指揮幾千名員工，還知道要謙遜地面對一個從大浮冰來的愛斯基摩人！尤利克立刻答道：

「總裁先生，我也很喜歡您的演說，總之，如果不是您，我也沒辦法來到這裡發表我的演說。」

現場一陣充滿驚訝和讚賞的竊竊私語。這個因紐特人的法語說得眞好！他眞是聰明！他在心裡感謝譚布雷站長，還有跟他一起讀《拉封丹寓言》和《克列芙公主》的時光。總裁面帶微笑，但是尤利克看得出他的眼裡有一絲惱怒。他心想，第一杯香檳害他忘了該怎麼和一個首領應對——不論他是因紐特人、喀卜隆吶克人，或是世上任何地方的人——我們永遠都不該表現得比他優越，尤其是在公開的場合。

現在，他站在這張長桌的盡頭，因爲他第一次演說的成功，現在他們很想再聽他的另一次演說。

「各位親愛的朋友……」他開始說了。

「尤利克！尤利克！尤利克！」

「拜託你們，安靜一點。」總裁出聲了。

現場重新恢復寧靜，他對大家說，大家都是獵人，所以與其演講，不如爲大家說個狩獵的故事。

「或許有一天你們會來到因紐特人的國度，在那裡的牆上，我們會看到的是北極熊的頭！」

現場響起一片掌聲，他看見瑪希．雅莉克絲深情款款地望著他。

他開始說他的故事了。

「一天早上，我們發現雪地上有熊的腳印，於是我們把狗放了出去。這些狗跟你們的狗一樣，牠們會興奮地衝出去，不過牠們不會吠，因爲一隻好狗永遠不會告訴熊牠來了……」

所有人的目光都盯著他，他感覺得到，夢在他們的眼裡隨著他說故事的節奏緩緩升起。突然間，除了他自己迴盪在大廳的聲音之外，他聽見（有誰的聽力比因紐特人的聽力更敏銳呢？）總裁在低聲說話：

「我們就是一定要他，你們自己看著辦吧。」

他不喜歡總裁的語氣，因爲他覺得聽起來好像自己成了眾人覬覦的物品，或是什麼稀有動物。而他也見識過喀卜隆吶克人覬覦的力量，這種力量不受因紐特人的國度那種嚴格的生命法則約束——在因紐特人的國度，人們得不斷分享才能存活下去。

「看，」馬歇爾在長滿青苔的地上指著兩道不明顯的刮痕給他看：「這兩道，都是今天早上留下來的。」

黎明時分。所有人都還在睡，他跟馬歇爾已經出門探險了。馬歇爾正在跟他解釋公鹿和母鹿的生活。

馬歇爾的森林經驗極其豐富。因紐特人的國度裡沒有樹木。馬歇爾一路爲他細數各種樹名，現在尤利克已經認得十幾個不同的物種了——要說「樹種」，這是瑪希．雅莉克絲教他的。在這裡，他要找到路輕而易舉，而且也比待在大城市的迷宮或是旅館的走廊裡舒服多了。

馬歇爾告訴他，每一頭公鹿都有好幾頭母鹿。公鹿一整年都會對年輕的母鹿感興趣，但是會留下那些老的。就跟因紐特人一樣，比較年輕的公鹿會要求決鬥，輸了就得把母鹿交出來。

馬歇爾突然不動了。尤利克順著他的目光看去，在矮樹叢上方，他看見幾頭鹿的鼻尖在冷空氣裡冒著白氣，他看見牠們被夜露濡濕的毛皮：大公鹿和牠的母鹿們湊在一起，朝他們的方向轉過頭來。

突然間，森林的靈來到他的身上。

馬歇爾住的那棟小屋在一條小路的盡頭。他說他的父母親以前住在那裡，不過他父親好幾年前過世了，現在他母親住在一個「退休之家」。尤利克不懂「退休之家」的意思，對他來說，法文的「退休」意思就是打敗仗之後，不得不退回來。[7]馬歇爾一邊跟他解釋什麼是「退休之家」，一邊從櫃子裡拿出一個長長的瓶子和兩只杯子。

「我自己一個人，白天不常在家，沒辦法照顧她。」尤利克不敢相信他的耳朵：喀卜隆吶克人竟然把他們所有的老人都放在幾棟房子裡，而這些老人在那裡完全無事可做！甚至不能照顧小孩，說故事給他們聽，或是幫女人們處理家務。他心想，在這種情況下，這些不幸的老人怎麼活得下去？

「那因紐特人怎麼做呢？」馬歇爾問道。

尤利克覺得有點窘，因爲他覺得他們的做法可能會讓喀卜隆吶克人覺得不舒

7　「退休」的法文是retraite，也有「撤退」的意思。

服，就算是和眞實生活這麼貼近的馬歇爾也不例外。他解釋說，一個老人覺得自己完全無用的時候，也就是再也沒辦法替村子做任何事，沒辦法讓孩子們尊敬他的時候，他就會等待下一次部落遷徙的機會，到時候，等所有人都列隊走在大浮冰上，他就會慢慢讓自己從雪車上滑下來。沒有人會回頭，他則是獨自一人在冰上等待死亡。

可是馬歇爾看起來並不驚訝，也沒有不舒服。

「我想我比較喜歡這樣結束生命。」他一邊說，一邊把一種清澈、淡琥珀色的酒倒進兩只小杯子裡。

這種酒比北極熊和所有尤利克至今喝過的酒都烈，有點像裡頭躲著一個生氣的靈，可是這酒竟然是透明的。眼淚都衝上他的眼眶了。

「這瓶酒是我父親那個年代的。」馬歇爾說。

尤利克知道這是一種尊榮，當馬歇爾替他倒第二杯的時候，他接受了。

這棟屋子只有幾扇小窗，相當幽暗。所有東西看起來都很古老，而且不是擦得很乾淨，顯然沒有女人住在這裡。可是爲什麼呢？馬歇爾看起來很強壯啊，他有一雙銳利的獵人眼睛，看起來也不像是那種喜歡男人的男人（因爲在這裡，這種男人似乎比在因紐特人的國度多，在他們那裡，這種男人很罕見）。

「女孩子不會喜歡我，」馬歇爾說：「她們已經不想在鄉下生活了。」

他告訴尤利克，在喀卜隆吶克人的國度裡，跟他一樣生活在鄉下和森林裡的人很多，他們找不到老婆，因爲女人比較喜歡生活在都市裡，在辦公室裡工作，去大街上人擠人的商店裡買很多東西。

「我呢，我可不想生活在都市裡。」馬歇爾說。

尤利克明白這種感覺。在這裡，才是眞正的生活，可以和森林所有形式的靈同在。有誰不喜歡在黎明時分，在即將甦醒的大自然裡漫步呢？

「有時候到了晚上很難受，我就會去『白馬』。」

馬歇爾告訴他「白馬」是在隔壁小村子的一家咖啡館，他可以在那裡找到幾個住在附近的朋友，跟他們喝一杯，一起聊聊天。

可是，沒有女人怎麼辦？

「有個地方。」馬歇爾說。他解釋給尤利克聽，離這裡不遠有個比較大的城市，那裡有一家小旅館，可以付錢把女人帶走。不過，當然啦，他還是比較喜歡有個妻子。

「或許我會去找一個。」他說。

他指著一本攤在桌上像是簿子的東西給尤利克看。眞讓人驚訝，上頭有很多不是喀卜隆吶克人的年輕女人的照片。她們有一點像因紐特人，不過她們來自更遙遠的國度。這本簿子有一點像是「眞愛，相遇」這種節目，他在電視上看過：這本簿子上看到的都是想要結婚的女人的照片，她們願意跟挑選她們的人走向婚姻。

「有人跟我說菲律賓女人最溫柔，」馬歇爾說：「而且，她們最勤勞。而且我們有同樣的宗教信仰，這樣子事情會比較容易。」尤利克覺得自己在喀卜隆吶克人的國度已經有一個女人，眞是太棒也太幸運了，他希望馬歇爾也能找到一個溫柔的女人。

他從窗戶看到太陽升起，該去叫醒瑪希・雅莉克絲了。

昨天夜裡，他醒了，

想要離去的強烈渴望彷彿在心裡沸騰，

他知道自己不只是想要重回因紐特人的國度，

更無法平息的是，

他渴望將吶娃拉吶娃擁在懷裡。

「我的北方來的小禮物，」她說：「您眞是太棒了。」
「剛才嗎？」
她笑了。他聽到她笑個不停。
「才不是呢，昨天晚上，跟總裁在一起的時候。」
「噢，總裁……」
「噢，總裁……」她模仿著他。「看起來，您似乎不是很喜歡我們喀卜隆吶克人的這個大首領！」
「其實，我在他身邊覺得很自在的時候，就是他剛把打獵搞砸的時候。」
「爲什麼呢？」
「我覺得自己的地位比他優越。我是一個比他好的獵人。」
「不管到哪裡，男人都是一樣的。」她一邊說，一邊猛然起身，披著被單離開了床鋪。
他留意到她總是因爲身體赤裸而感到尷尬，而他卻不停地看著她，每天都會發現令他著迷的新畫面。他們對彼此的認識這麼少……她就像一塊新的領土，他在晚上和早晨出發去探索，卻還沒有完全征服。

聽到她在浴室裡動作的聲音，他也起床了，往廚房走去。他的肚子餓了。

托馬坐在餐桌前，桌上是一碗早餐穀片，他專心讀著一本畫滿各種圖解的期刊——似乎是某個彗星的軌道。茱莉葉特站在那裡，檢查冰箱裡還有什麼，她赤著腳，一隻腳踩在另一隻腳上，這樣磁磚才不會讓她感覺太冷，這姿勢彷彿具有某種儀式性，可以讓她把早餐的食物挑選得更好。兩個孩子都沒發現尤利克來了。

他覺得有點尷尬，因爲連他都還不習慣他們的母親比他們晚起床，而茱莉葉特當然知道原因是什麼。

「早安。」他說。

托馬抬頭露出微笑。

「尤利克，早安！」

接著他又埋頭繼續讀他的期刊。

茱莉葉特轉頭瞥了他一眼，抓起一罐白乳酪，帶著戰利品逕自回房去了。

「茱莉葉特，您不跟我說早安嗎？」

「早安。」她喃喃說出這句問候語。

她消失了。他猶豫了一秒鐘，一股獵人的衝動襲上他的心頭：他無法忍受就這樣看著她逃走。他跟著她走上走廊，直到她的房間。茱莉葉特沒聽見他靠近的聲音，他們兩人一起走到房門口的時候，她嚇了一跳。

「我想要安安靜靜地待在房裡！」

她的眼神裡燃燒著怒氣。他不由得往後退了一步。

「沒問題……對不起。」

他正準備往後退，打算暫時撤退的時候，她似乎也尷尬了起來，不知該如何走進房裡，當著他的面把門關上。

「茉莉葉特……」他開始說了。

「唉，什麼事？」她很誇張地歎了一口氣。

「我覺得……您好像不喜歡我。我可以想像一些理由，不過因爲我不是這裡的人，我很確定我不會完全明白。」

她還是動也不動，他跟她說話的時候，兩眼一直盯著她。他覺得自己像是非常緩慢地接近一隻動物，只要他犯了一絲一毫的錯，這隻動物就會逃走。

「……我只是希望所有人都開開心心的。我感覺到您不喜歡我，在生我的氣，對我來說，這實在是很困難……很痛苦的事。您爲了某些事在生我的氣，是不是？」

她淺淺歎了一口氣，他在裡頭感覺得到輕蔑的氣息。

「沒錯，我是在生您的氣。」

「可是生什麼氣呢？」

「我氣您……利用我的母親……」

他看見淚水湧上她的眼眶。

「……我生您的氣，因爲您利用她的軟弱！」

她的嘴扭絞著，幾乎要開始啜泣，她轉身離去，消失在她的房裡。他在沉思之中往廚房走回去。

利用她的母親？她的意思是說我利用她不求回報的熱情接待？還是說我很懶惰，在他們家白吃白喝？這個想法讓他在走廊上停下腳步，因爲在因紐特人的國度，這是對一個人最嚴厲的侮辱：利用團體努力的成果，卻沒有帶來自己的貢獻。

他得掉頭去向她解釋，他並不是寄生蟲，他也不是要倚賴他們提供屋頂，提供床鋪，因爲他在旅館裡有個很漂亮的房間，而且他可以隨意叫一些很漂亮的女人來（他的毛皮帽和獨角鯨的長牙，存貨還多得很）。可是才走到門口，他就停住不動了。他不確定他的解釋能不能讓茱莉葉特滿意。他覺得在這個年輕女孩的憤怒之中，有個什麼地方他沒搞懂。他想把這一切說給艾克托醫生聽。

他回到廚房，瑪希·雅莉克絲低頭看著托馬正在讀的期刊，聽他解釋銀河系爲何會爆炸。電熱水壺裡的水正在沸騰。

他停了下來，他被這突如其來的發現嚇到了。昨天夜裡，他醒了，想要離去的強烈渴望彷彿在心裡沸騰，他知道自己不只是想要重回因紐特人的國度，更無法平息的是，他渴望將吶娃拉吶娃擁在懷裡。可是今天早上，在廚房裡，他感覺到自己和這個高大的女人連結在一起——這個女人低頭看著她的兒子——他感覺到自己和這個悲傷的小男孩連結在一起——小男孩看到他，抬頭對他微笑——他感覺到自己和小男孩的姊姊連結在一起——他剛剛把她弄哭了。他感覺到自己和他們連結在一起，和他們夜裡的呼吸連結在一起，和這個亂七八糟的廚房連結在一起，和這些家族的肖像連結在一起，和這個床單皺巴巴的房間連結在一起，和他們吵鬧的聲音連結在一起。

自從他成爲孤兒，這是他第一次感覺自己屬於一個眞正的家庭。

他打了電話，艾克托醫生立刻答應在晚上看完最後一個患者之後見他，他眞是個好人。

在這間燈光柔和，擺了一些小雕像的漂亮書房裡，他坐在艾克托醫生的對面，他發現艾克托醫生看起來已經筋疲力盡，雖然他一整天都坐在沙發椅上，但是看起來就像一個剛從長途狩獵回來的男人。尤利克心想，他怎麼有辦法這樣把自己關起來過日子，不過大部分的喀卜隆吶克人確實都是這樣，甚至更不可思議的是，他們的孩子也是如此。除了孤獨之外，閉門不出是第二困難的大考驗，可是喀卜隆吶克人已經把它變成了習慣。

艾克托醫生聽著他說，一邊小聲地回應著「嗯……嗯……」的聲音，表示他認眞在聽。接著他問了他：

「那如果您回去向茱莉葉特解釋，您會怎麼對她說？」

「我會說發生在她母親和我之間的事情是互惠的，沒有誰在利用誰。我們做愛，經常做愛，而且都很快樂。」

「嗯，我想您最好還是不要對茱莉葉特說這個。」

「我也這麼覺得，所以我才想來找您談一談。」

艾克托醫生在他的沙發椅上伸展了一下身體，捻了捻鬍子，開始輕聲說著，但他似乎以為自己說得很大聲：

「孩子們經常會因為發現自己父親或母親的激情而感到焦慮不安。他們感覺到這會帶來遺棄的可能。就連茱莉葉特這麼大的孩子也不例外。她很依戀她的母親，我們可以說她覺得您對她的母親如此重要，對她構成了威脅，而且當她的父親離家時，她已經受過一次遺棄的創傷了，那一次也是因為跟激情有關的事造成的。」

尤利克思索著。他很驚訝艾克托醫生說給他聽的事情這麼簡單，他怎麼沒有想到呢？可是事情不就是如此嗎？當你觀察時，你會發現那些好獵人的動作看起來都很簡單，直到有一天你發現自己根本模仿不來。

「當然了，」艾克托醫生說：「這只是一些假設。我只見過茱莉葉特一次——有一次她跟托馬一起來——不過我跟你說的情況經常會發生。」

「可是她為什麼要把這一切都跟什麼利用扯在一起，還說我在利用別人？」

「這是一種défense。」

「一種défense？」

他知道défense這個法文名詞的意思是「自我防禦的動作」，不過也可以是「海象的獠牙」。

「啊，」艾克托醫生說：「我得爲您解釋一下。當一種想法或一種情緒讓人太痛苦，讓人無法接受的時候，我們的心理就會自動把它隱藏起來，或是把它轉化成另一種比較容易接受的東西。對茱莉葉特來說，害怕被母親遺棄是一種很難以接受的情緒：這等於承認了她還是個孩子……」

尤利克心裡完全同意，儘管她已經像個女人一樣，擁有讓人心動的外表，但他總是感覺得到茱莉葉特心裡的小女孩。

「……於是她把這種難以接受的情緒轉化成另一種讓她比較舒服的情緒，也就是對您的恨意。可是因爲她是個有理性的年輕女孩，所以她需要一個藉口，於是她的心理幫她製造了一個：她說您在利用別人，這樣她才能放心地恨您。」

尤利克思索著。他很喜歡défense這個法文字的新意義，他也明白，這麼一來很多事情就可以解釋了。

「這有點像一個漂亮的女人吸引很多男人，」他說：「其他女人會發現她身上有所有的缺點，可是沒有一個女人會承認那是因爲自己是在嫉妒，或是因爲自己覺得痛苦，因爲自己沒有她長得漂亮，這都是自卑感，太讓人難過了。」

「沒錯！」艾克托醫生說：「確實就是這樣。」

爲了讓艾克托醫生看到他對於喀卜隆吶克人的世界的認識有些進步，尤利克帶了一份他在那家大型的女性雜誌社做的訪談給他看，雜誌還沒刊登呢。艾克托醫生讀得很專心，不時還露出微笑。

「我喜歡您的結論。」他說：「『讓男人產生保護妳們的欲望。』不過，已經有點太晚了……」

「爲什麼？」

「因爲現在，她們有點像男孩子那樣被養大：我們鼓勵女孩子學習自己解決事情，而且她們也做得很好。」

「所以，男人就不想再保護她們囉？」

「是啊，現在男人可以丟下她們而不會覺得有罪惡感。女人依然會激起男人的性衝動，但是再也激不起他們那麼多想要保護女人的衝動了。幾千年來，得要這兩者並存才能繁衍後代；一個您不保護的女人有可能會死掉，她的嬰兒（也就是您的嬰兒）也會一起死掉。現在，剩下的只有性衝動了，而如果我們任由它自由發展，男性的性衝動可不一定會變成世界上最討人喜歡的東西……」

尤利克明白艾克托醫生想說的。如果沒有規則來控制男人，男人會想要跟所有他覺得誘人的女人上床，在這種狀態下，沒有任何部落可以存活下去。不過會不會喀卜隆吶克人發明了一些新的規則？這時，艾克托醫生辦公桌上的電話響了起來。

「對不起。」他對尤利克說，然後把電話接了起來。

他一認出對方的聲音，姿勢就不再軟綿綿了，他的身體立刻往前傾，一臉憂心忡忡的樣子。

「可是妳跟我說過沒問題啊！」

尤利克聽出是個女人的聲音。艾克托醫生聽她說了很久，然後才說：

「可是我，我很樂意今天晚上跟妳見面呀……」

那個女人說了一個短句子，尤利克覺得艾克托醫生好像挨了一拳。

「……好啦，」他說：「……我明白了……我想我已經考慮過了。」

那個女人繼續說下去，聲音似乎柔和了些。艾克托醫生打斷她的話。

「……聽我說，我覺得我現在不是很想再講下去，我很清楚妳想對我說什麼，所以，我也不需要再聽下去了。」那個女人又說了一些話，然後就沒聲音了。

「我很難過妳用電話向我宣布這種事。」艾克托醫生說：「不過我想以前我也聽不進去。」

那個女人沒再回應。

「再見了，」艾克托醫生說：「妳自己保重。」

然後他掛上了電話。

尤利克看到他望著他，可是卻一臉茫然。他的靈還留在那個女人身邊，很明顯的，他很痛苦。

「嗯，」他說：「……對不起，我們回頭談……茱莉葉特，還是托馬的問題吧，我們可以談一談托馬……」

他似乎很努力要集中精神，可是眼神卻依舊渙散。

尤利克知道自己是來找這個人幫忙的，可是現在，換他要幫這個人的忙了。

「艾克托醫生，」他說：「您關在屋子裡一整天了，要不要一起去喝一杯？」

艾克托醫生從來沒喝過北極熊，不過他很樂意嘗試。

尤利克覺得很自豪，因爲他又回到這間酒吧，讓那些服務生看到他現在很自在，而且還帶了像艾克托醫生這麼有意思的朋友一起來。

他們坐在上次他坐得很痛苦的那個桌位。從上次到現在，他對喀卜隆吶克人的世界的認識有多麼長足的進步啊！

不過他還是不想讓人看到他很開心，因爲他很清楚，艾克托醫生還在難過：他一臉憂鬱，小口喝著雞尾酒。吧檯後面的服務生對他們很感興趣，不時看著他們，還偷偷地交頭接耳。隔壁桌位坐著三個日本人，跟上次那幾個不同，他們發出輕聲的悶笑，尤利克覺得他們似乎對他和艾克托醫生也很感興趣。除此之外，酒吧裡非常安靜，尤利克突然發現這個空間跟一個大冰屋差不多大，柔和的昏暗和擴散開來的燈光更加深了他的這種印象，怪不得他在這裡比在別處覺得舒服。

不過，他也該開始幫幫艾克托醫生了。說不定他可以引導這個人談一談令他心煩的事？可是他也不想表現出過多的同情，惹得他不高興。因紐特語的同情或安慰是吶喀里可，女人和小孩毫不害羞地接受吶喀里可是很正常的，可是一個眞正的男人永遠不可以表現出需要吶喀里可的樣子，除非遭遇了所有人都可以理解的重大不幸，像是小孩死了，或是雪車丟了。他心想，這或許會引起艾克托醫生的興趣，讓他放輕鬆一點，不要陷在陰鬱的憂心之中。

「您知道什麼是吶喀里可嗎？」

「我不知道，是你們的習俗嗎？」

尤利克解釋給他聽。艾克托醫生饒有興味地聽著。

終於，他露出了微笑。

「好玩的是，」他說：「我明白了我這一行的工作內容，有一部分是要把吶喀里可帶給人們。」

「您的意思是，帶給那些來找您的人？」

「對呀。」

「可是您並不認識他們吧？」

「一開始是不認識，不過後來就認識了。」

所以，喀卜隆吶克人甚至創造了一種專家來安慰憂傷的人！他心想，他到底還會發現多少嚇人的事？

「難道他們沒有家人或朋友可以聽他們說，給他們安慰嗎？」

「嗯……有時候是有的，不過他們不可能每次都找他們。在這裡，在城市裡，大家都很忙，所以您不可能一天到晚纏著朋友，把痛苦的事情說給他們聽。您會擔心失去他們。而且，也不是所有人都有朋友。很多人來到這個城市，也沒認識什麼人，他們太害羞，沒辦法維持人際關係，於是到了晚上他們就會一個人待在家裡。這時候，如果您開始覺得悲傷，這會變得越來越嚴重……有幾百萬人是獨自生活的，而且不一定是自己選擇的。」艾克托醫生一邊說著，一邊喝完他最後一口的北極熊。尤利克想到瑪希．雅莉克絲、弗蘿倫絲，接著又想到在電視上尋找男人的那些年輕女人。他還想到所有跟馬歇爾一樣找不到伴侶的單身男人，他們想讓人從遠方的國度幫他們送一個過來。

「可是你們的社會是怎麼走到這一步的？」他問道。

艾克托醫生露出微笑。

「我不確定我自己知不知道，不過確實是有各種不同的原因。我們的……風俗在一個世紀之中有很大的改變。從前，所有人——或者幾乎所有人——都在鄉下生活，我相信當時的生活跟你們的部落相去不遠——我要說的是男人和女人之間的關係——所以永遠沒有人會是獨自一人。」

「男人和女人在一起會比較幸福嗎？」

「這種事很難說。不過，無論如何，今天沒有人願意接受當年的生活方式了，尤其是女人。她們已經學會去期待生命中的其他事。」

服務生走過來問他們要不要再喝其他東西。

「兩杯海風，」艾克托醫生說：「尤利克，我想您會喜歡這個。」

他說得沒錯，這杯雞尾酒像一陣輕柔的愛撫，一陣涼風，讓人覺得有如日出時分的冰川般耀眼和安詳。

「所以呢，這裡的女人想要什麼？」

艾克托醫生笑了。

「問題就在這裡。剛才，您應該也看見了，我應該不會是找出這個答案的最佳人選。」

他不再說話了，他喝剩下的半杯海風的速度也加快了。

「在因紐特人的國度，」尤利克說：「女人們希望您有能力保護她們對抗生活裡的艱難。她們希望您打獵的功夫夠好，可以讓全家人吃得飽，穿得暖。她們希望您表現出一個男人的樣子，不要讓其他獵人侮辱。而且，當然囉，如果我們喜歡一起做愛的話，那就更好了。」

「那對您來說，一個好的妻子應該是什麼樣子？」

「她也要很勇敢，要會做衣服，要把冰屋打理得很好，要當一個好母親，要有好心情，而且，當然囉，她要喜歡做愛。」

艾克托醫生陷入沉思。

「你們找到了一個交換系統。我想，我們有一點失去了我們的交換系統，而且我們還沒找到新的。」他把剩下的半杯海風喝完，然後繼續說話，彷彿在對自己說。

「而我是第一個……」

這時，兩個漂亮的年輕女人走了進來，坐在吧檯。尤利克認出那是嘉桑特和她的朋友。他看了艾克托醫生一眼，心想，或許介紹他們認識會讓他覺得好過些。

他開始明白這裡的男人經歷的是什麼了：

面對這些擁有自由之身的女人，

如何能在唯一的女人身上停下來？

他們有辦法對屬於自己的那個女人維持忠誠嗎？

「心理醫生這一行，應該很有趣吧？」嘉桑特說。

「不過這會不會讓您覺得很累，整天都要聽別人說他們的不幸？」潔哈汀問道。

起先，艾克托醫生對於她們的出現顯得相當驚慌，他甚至悄悄對尤利克說：「不要，不要，尤利克，她們是……」這時尤利克正在招呼兩個年輕女人過來他們的桌位一起坐。他說得太遲了，因爲嘉桑特一認出尤利克，就用手臂碰了碰她的朋友，她們立刻從吧檯的高腳凳上下來，向他們走來。

由於艾克托醫生的職業似乎讓嘉桑特和潔哈汀很感興趣，他於是打開了話匣子，很快的，他的尷尬就煙消雲散了。他又變回尤利克認識的那個樣子，永遠冷靜，永遠帶著一抹淺淺的微笑，表現出他隨時都覺得您很討人喜歡，不論您是什麼樣的人。

尤利克沒有加入他們的談話。起初是因爲艾克托醫生和兩個年輕女人聊開了，憂傷的心情一掃而空。接下來，他看到這兩個美麗的喀卜隆吶克女人貼得這麼近，帶著一臉漂亮的微笑，她們的乳房將衣服繃得緊緊的。這讓他升起一股狂熱的渴望，想要把她們緊緊抱在身上，或是把她們帶回房裡。問題是：要挑哪一個呢？她們倆簡直就像一對姊妹，只是她已經認識的那個嘉桑特是褐色的頭髮、膚色較深——但是不像因紐特人的髮色和膚色那麼深——而潔哈汀則是金髮，膚色和瑪希·雅莉克絲是一樣的，不過髮色比較淡，幾乎跟皮色還沒變深的小馴鹿差不多。他該和曾經留給他美好回憶的嘉桑特重續前緣，還是去探索潔哈汀？說不定她會留給他更棒的回憶呢。他開始明白這裡的男人經歷的是什麼了：面對這些擁有自由之身的女人，如何能在唯一的女人身上停下來？他們能對屬於自己的那個女人維持忠誠嗎？瑪希·雅莉克絲的身影閃過腦海，他隨即將它揮散。

「您的首飾好美。」艾克托醫生對嘉桑特說。他發現垂晃在她胸口的墜子，是女人的剪影，雕刻在獨角鯨的角上。

嘉桑特面帶微笑，摸著她的墜子，看了尤利克一眼。艾克托醫生的眼裡閃過一絲理解的眼神。

他們四人都再點了一杯海風，談話在融洽的氣氛中繼續進行。尤利克覺得兩個年輕女人都對艾克托醫生說的事情很感興趣，若不是嘉桑特時不時會對他露出微笑，讓他知道她對他留著美好的回憶，他幾乎要嫉妒起艾克托醫生了。

最後，是潔哈汀提醒大家，時間不早了，可是大家都還沒吃晚餐。

「客房服務！」尤利克大叫了一聲。

這是他在最初幾天發現的一個方法，可以幫他度過孤獨：叫人把晚餐送到房裡，這麼一來，一定會有某個人過來，就算這個人停留的時間只是把送餐的小推車打開，把蓋住熱騰騰餐點的蓋子掀起來。

四個人都在他的房裡，服務生爲他們送來蟹肉沙拉、比目魚、白酒、冰淇淋。尤利克覺得很快樂，也很自豪，因爲他促成了這次相會。他看得出來，儘管有時艾克托醫生的眼神裡還是會閃過一絲憂傷，因而沉靜了幾秒鐘，但他幾乎已經忘記那些心煩的事了。

尤利克感到自己對嘉桑特的慾望在心底升起，他的眼睛離不開她，她和艾克托醫生說話的時候，還很有默契地偷看了他幾眼。吃完冰淇淋之後，她問艾克托醫生，一個人有沒有可能永遠沒辦法從失戀的哀傷走出來？

「對啊，我也想知道。」潔哈汀說：「我有一個朋友，她一直沒有恢復過來，到現在都三年了。」

「這種事有可能會發生。」艾克托醫生說：「不過，通常生活會回到原軌，我們會重新開始正常生活……或者，假裝正常生活。」他又補上最後一句，像是在對自己說。

嘉桑特和潔哈汀互看了一眼。艾克托醫生回過神來。

「不過，沒錯，講一講是會有幫助的。在心理醫生這一行，我們幫助的人有不少都是處於這種狀況。」

「我會把您的地址給她，給我那個朋友。」潔哈汀說。

「要您說工作的事，一定讓您覺得很累。」嘉桑特說。

「不會，一點也不會。」艾克托醫生帶著溫柔的微笑說：「不過，我看時間晚了，我得回去了。明天我還得起來聽我的患者講他們的問題呢。」他邊說邊從桌旁起身。

「您要丟下我們啦。」潔哈汀說著，她起身挽著艾克托醫生的手臂。

尤利克覺得艾克托醫生很想留在潔哈汀身邊——不管他的職業再怎麼奇怪，也無法讓他忘記他是個男人——只不過另一部分的他禁止他這麼做，有點像我們被另一個獵人的妻子誘惑了，看著她對我們微笑，可是我們卻不放任自己再往前走一步。

尤利克心想，艾克托醫生需要幫忙，他立刻起身，挽著嘉桑特的手臂。

「要離開的是我們。」

「可是……尤利克。」艾克托醫生說。

「親愛的艾克托醫生，請接受我的招待。」尤利克邊說邊拉著嘉桑特往門口走去。在門關上的那一瞬間，他看到艾克托醫生最後一眼，他一臉尷尬地看著潔哈汀，潔哈汀則是笑著用兩條手臂環繞他的脖子。

經過大廳櫃臺的時候，她要嘉桑特趕快撥電話到房裡，告訴她的朋友不要讓艾克托醫生付任何一毛錢，她也可以來挑一個因紐特國度的禮物。

做完第一次之後，嘉桑特說：

「我最喜歡跟你在一起的時候可以忘記自己是誰，因爲你也忘了她是誰，也說不定你不是眞的很瞭解她。」

這時尤利克跟她說了因紐特女人到捕鯨人的船上去的故事。她看起來很驚訝。

「可是她們的丈夫怎麼想？」

「因人而異，有些人絕對不准他們的妻子上捕鯨船，也有人想的是她們可以替部落帶什麼有用的東西回來。」

「顯然皮條客到處都有。」

聽到她跟他解釋「皮條客」這個字眼的意思，他很驚訝。

「那妳呢，妳也有個皮條客嗎？」他忍不住問了她。

「怎麼？你對他感興趣嗎？」

她面帶微笑看著他，帶著一絲調皮的神情，他看了又好笑又氣惱。

「我想我不會想要遇到他。」

「好，那這種事就不會發生！」

她告訴他，沒有，她沒有皮條客。有時候她會替一個組織工作，這個組織爲一些生意人或是一些喀卜隆吶克人的大首領提供一個年輕女人跟他們作伴，也就是所謂的「應召女郎」，然後她得付給這個組織一些錢。

「不過這就是一種夥伴關係，」她說：「除了這個之外，我還是可以自己去找顧客。所以我才有辦法支付這一切。」

嘉桑特的公寓和瑪希．雅莉克絲家很不一樣，她的公寓很現代，地毯幾乎和吶努克的毛皮一樣白，牆上掛的不是家族肖像，而是幾幅什麼也不是的畫，可是看起來還是很有趣。其中兩幅引起他的注意，他彷佛從某種猩紅的濃霧中認出了嘉桑特的身影。

「那是我的第一個男朋友畫的，他是畫家。」她向他解釋自己是如何開始從事這一行的。

「我們住在一起，我很信任他。可是生活很辛苦，他的畫賣不出去——他有點孤僻，他不知道怎麼跟那些被他的畫吸引的人聊天。於是，就由我來扮演畫家妻子的角色，隨時保持討人喜歡、健健康康、面帶微笑的樣子。」

看她裸著身體自在地躺著，像一頭漂亮的水獺，尤利克可以想像她這個角色扮演得很出色。

「後來，我們終於山窮水盡。你無法想像在這種城市裡，沒有錢是怎麼回事。

我們最後只有在人家邀我們吃晚餐的時候才有東西吃，可是我們還是強顏歡笑，掩飾我們的窮困。」

她把被單蓋在身上，拉到下巴，彷彿覺得很冷。她繼續望著天花板對尤利克說話。

「我們經常會跟一個很有錢的男人碰面，他收集現代藝術創作。他喜歡藝術，這是眞的，不過我想他更喜歡的，是有一群藝術家圍繞著他，巴結他，他會讓他們成名，然後炫耀他是他們的朋友。當他開始對尙恩的畫感興趣的時候，我們還以爲人生的機會來了。不過我很快就明白他對我更感興趣，我很快就明白這場交易了。」

她不再說話，她的心情變了，彷彿一片雲遮住太陽，改變了大浮冰的顏色。

「事情就是這樣，這是我第一次當妓女。你覺得這是個美麗的故事嗎？」

「爲所愛的人犧牲，這是愛情的考驗。」他思索片刻之後答道。

「啊，你說得簡單。問題是，接下來你愛上了這個人。」

確實：嘉桑特的男朋友忘了，一個女人可能會喜歡保護她所愛的男人，可是她很難去愛一個完全不再保護她的男人。

嘉桑特轉身趴在床上，貼在他耳邊對他說話，近到他看得到她眼裡泛著金色的淚光。

「如果他什麼都不知道就算了，我或許會繼續愛他。可是他知道發生了什麼事，還讓我繼續做下去。所以，我沒辦法再愛他了。同時，我也發現了錢究竟是什麼。你想知道最恐怖的是什麼嗎？」

「我不知道。」

「我想你會覺得很有意思。最恐怖的事，就是我開始愛上那個人了。那個人是個混蛋，是個自私鬼，不管他參加什麼聚會，他都想成爲眾人眼中的王，可是他很有趣，他知道怎麼把大家耍得團團轉，這其實是一種很可怕的力量。悲哀的地方就在這裡：我們女孩子都愛這種力量，就算對方是個混蛋我們也愛，而且混蛋經常很有力量。」

尤利克想到愛吹嘘的庫利司提沃克，他在床上坐了起來。他得立刻回到因紐特人的國度。

「嗯，總之，經過這件事之後，我對愛情就倒盡了胃口。而且，因爲這個傢伙，我開始跟一些眞正有錢的男人交往。」

「那妳爲什麼不跟其中一個固定下來？」

「這個嘛，這是個好問題。事實是，在我看來，我已經沒辦法再愛上誰了。關於伴侶的這一切，我想我無法忍受。」

尤利克明白，可是他還是覺得，把身體借給一些二個小時前都還不認識的男人，這種職業實在很困難。嘉桑特解釋給他聽，對她來說，事情幾乎從來不是如此。

「我們相遇的那天晚上，我並不是在工作，我從來沒有這樣找過顧客。我只是來跟一個朋友閒聊。可是走出旅館的時候，我聽見門房在說你的問題。於是，機會來了……而且我在酒吧就留意到你了，我心想你應該會是一個討人喜歡的顧客。通常大家都會說我很討人喜歡，所以顧客們都會想再見到我，結果我的顧客都是常客。有些人我收的有點像是月費，他們付一筆固定的價錢給我，我則是隨時候召，他們還會送我禮物。我的生活跟那些可憐的阻街女孩完全不一樣。對她們來說，那是地獄。你可以說我的運氣很好。」她做了這樣的結論。

可是尤利克有一種感覺：她只是在試著說服自己。有個問題他想不通：捕鯨人的船上沒有女人，他們做的事我們可以理解。可是這裡的男人有這麼多單身而且自由的女人，爲什麼他們要找像嘉桑特這樣的女孩呢？她解釋給他聽，他的顧客當中有一些重要的人，他們很想認識其他的女人，可是他們通常都是已婚的男人，不想因爲一段新的關係而把事情弄得太複雜。而且，他們的頭髮已經開始變少或變白，要吸引像嘉桑特這麼美麗又年輕的女人，對他們來說並非易事，除非他們是在電視臺或電影圈工作。

「換個說法吧，」她說：「我幫他們省了很多事。跟我在一起，他們只要把錢轉給我，就省了時間，而且，我會讓他們覺得自己既重要又有價值，通常他們的妻子不會讓他們有這種感覺。有些男人，要把他留在家裡，給他兩個女人並不算多……」

接著她摟住尤利克，把他拉到身邊。

「我的因紐特帥哥，」她說：「我們暫時把這些事忘了好不好？」

繼瑪希．雅莉克絲之後出現的是吶娃拉吶娃的身影，他花了一點時間才把它抹去。

在喀卜隆吶克人的國度裡，男人的生活眞複雜。

公寓裡靜悄悄的。孩子們都去上學了。他聽到客廳有聲音，是一個男人的聲音。他感覺到一股怒氣升起，他再一次意識到，這個公寓已經成了他的家。

「我眞的不懂，你有什麼資格對我的生活方式有意見。」瑪希．雅莉克絲說。

「這跟孩子們有關，」男人答道：「他們也是我的孩子啊。」

「尤利克對他們很好，而且他還會照顧托馬！」

瑪希．雅莉克絲坐在沙發上，身上還穿著睡衣，穿著灰色西裝的男人則是在客廳裡焦慮地走來走去。他們發現尤利克出現在門口的時候，兩人都靜了下來。

「可是……」男人說：「可是……」

他比瑪希．雅莉克絲的年紀大一點，應該跟總裁的年紀差不多，長得也有一點像，只是沒有白頭髮——他一定也跟弗蘿倫絲和無數的喀卜隆吶克人一樣用了同樣的技術。

他似乎呆住了。

「可是，他只是個孩子啊。」他說。

「夏勒，我希望你不要用第三人稱對尤利克說話，他人就在這裡。」

「老天爺，可是，他只是個孩子……」

「喂，我覺得你說這種話很不得體。」瑪希．雅莉克絲說著，突然站了起來。

「您好，先生。」尤利克說。

這男人瘋了不成，連打招呼的規矩都忘了？所以他沒有感覺到這場會面的危險囉？

「啊……呃，您好……尤利克。」

他們互相伸出手，尤利克故意握得相當用力，要讓他知道眞要打架的話，他也沒有贏面。

不過這位不速之客似乎沒打算訴諸暴力。他的反應是尷尬，彷彿在他從前的客廳裡發現一個年輕的因紐特獵人，這是生命不曾向他預告的一個情境。

瑪希．雅莉克絲站了起來。

「好了，你們自己認識一下，我要去準備出門了。尤利克，等一下我們有個很重要的會議。」

他們依舊面對面站著，尤利克心裡想著不知如何展開這場對話，夏勒則是瞄了他幾眼，彷彿不敢相信自己眼睛所看到的。

「托馬是個很乖的小男孩。」最後尤利克拿了這個當開場白。

「啊？是啊，確實是。不過他讓我們很擔心。」

「我知道，我見過艾克托醫生。」

「啊，那很好，他是個很好的醫生。」

「我也覺得，我覺得他很親切。」

他們繼續這樣說了一會。尤利克心想，在因紐特人的國度也是如此。當我們遇到一個從其他部落來的人，如果我們不明白他的來意，我們就會從雙方有可能意見一致的大小事情開始談起：天氣、打獵的成果、狗的好壞。這樣事情就簡單多了，畢竟他們有不少共同的主題。

「那您還會待很久嗎？」夏勒問道。

「我也不知道。」尤利克說。

他本來要回答：「不會，再過不久我就要回去了。」可是他想到沒先跟瑪希．雅莉克絲說這件事就先跟這個男人說的話，似乎很無禮。就在此刻，瑪希．雅莉克絲回來了，穿著跟她丈夫西裝顏色幾乎一樣的套裝，十分嬌豔動人。

「很高興看到你們沒有打起來。」

「妳可眞聰明。」夏勒說。

於是他們握手道別。夏勒出門的時候還踉蹌了一下。

後來，在車上，尤利克什麼也不敢多說，倒是瑪希．雅莉克絲切入了主題。

「我可不會問您昨天晚上到哪裡去了。」

她用銳利的眼神瞪了他一眼。

「我在旅館。」

「眞的嗎？」

「是啊，我應該先跟您說的。我……我想要自己一個人……獨處一下。」

「這種事我可以理解，可是我會擔心啊。」

「對不起，我應該先跟您說的。」

「奇怪的是，我想打電話給您，總機幫我轉到您的房裡。」

「啊，我應該是睡了，我沒有接。」

「可是有人接了。」

「眞的嗎？」

「眞棒，您很快就學會說『眞的嗎？』，實在太帥了。」

他感覺到她聲音裡的諷刺。接著她就不說話了。他開始狂亂地想著，是誰接了電話？是潔哈汀還是艾克托醫生？如果是後者，瑪希・雅莉克絲有沒有認出他的聲音？不對，電話應該是潔哈汀接的，她會以爲是嘉桑特打來的。

「我很高興看到所有男人扯謊的時候都是一個樣子。」她說。

「總機一定是幫您轉到另一個房間了，他們搞錯了。」

「不會錯，他們沒有搞錯，因爲我還確認過，我後來又打了一次。第一通，是一個女人接的，聲音還滿迷人的。第二通，還是她，可是我聽到後面有另一個聲音，是一個男人的聲音。」

「一定不是我的聲音。」尤利克說。

他還可以繼續堅持原來的版本：總機兩通電話都轉錯了房間。

「瑪希．雅莉克絲，可能是總機幫您轉錯了房間。」

「沒錯，那不是您的聲音。是一個年輕女人的聲音，她先是叫我嘉桑特，後來又跟我說你們不在，她可以幫我留話。我沒有留話。我也聽到有個男人在問『是尤利克嗎？』的聲音，我很確定我認得……是艾克托醫生的聲音。」

要怎樣才能很快重編一個說得下去的故事？艾克托醫生帶了一個女朋友來他的房裡找他……

「拜託您，」瑪希．雅莉克絲說：「別擺出那張臉，更不要什麼話都不說。也許我丈夫說得對，您畢竟只是個孩子。」

她說這話是想讓他難過，可是他卻發現，眼角噙著淚水的人是她。

「瑪希．雅莉克絲……」

他想要把手放在她的手臂上，可是她用力把他的手推開，車子因此偏了一下，後頭響起一陣喇叭聲。

「我眞是個笨蛋。」她喃喃著。
她繼續開車，用手背把眼淚拭去。

發生這些複雜的事，他又想找艾克托醫生談一談了。

可是答錄機告訴他，艾克托醫生已經不在診所了。還好，他留了他的手機號碼。

「啊，尤利克。當然好，歡迎您來找我們。」

艾克托醫生正在和一個叫做愛德華的朋友吃晚餐。在一個非常安靜的街角，尤利克在一家小餐廳裡找到他們，所有顧客似乎都是常客。

「向我們從北極來的朋友致敬，致上我們的兄弟之情。」愛德華這麼說，同時舉起酒杯。

尤利克比較希望艾克托醫生是獨自一人，這樣他才能問他昨天晚上跟潔哈汀過得如何，不過，另一方面，愛德華的神情愉快，兩個臉頰紅通通的，看起來也非常討人喜歡。愛德華跟艾克托醫生的專長不一樣：他在一家很大的銀行工作，他解釋說，他的工作是把很多錢借給一些已經很有錢的人。

艾克托醫生和愛德華是老朋友，可是他們覺得他們見面的時間不夠多，因爲他們兩人工作的時間都太長了。

尤利克告訴他們，在因紐特人的國度，他們一天到晚跟朋友見面，因爲他們選擇一起去打獵的夥伴，就是這些朋友。

「就爲了這個，我很願意做因紐特人。」愛德華說。

「那你可以對同一個女人維持忠誠嗎？」艾克托醫生問他。

「或許吧。」愛德華說。

艾克托醫生露出微笑。

「這裡剛好有個例子可以讓您瞭解我們的世界，」他對尤利克說：「愛德華自己一個人生活，可是他已經到了結婚的年齡了。」

「可是我已經結過了，」愛德華說：「我還有個兒子呢。」

「是啊，在這之後，你還可以再婚啊。」

「你自己還不是一樣……噢，對不起。」

一抹悲傷的神情掠過艾克托醫生的臉上，顯然昨天和他講電話的那個女人沒再回來。

尤利克想起可憐的馬歇爾，他一個人住在沒有女人願意住的鄉下，可是兩個住在大城市裡的男人，都有收入不錯的專長，他們也有可能還是單身，這種事要怎麼解釋呢？

「我呢，是因爲結一次就夠了。」愛德華說：「我花了兩年才從離婚這件事復原過來。有一段時間，我還以爲我再也見不到我兒子了呢。」

可是愛德華和他的妻子爲什麼要離婚？

「我一直搞不懂，」愛德華說：「我覺得我是個好丈夫。」

「愛德華，你是個很好的朋友，不過我不知道你是不是一個很好的丈夫。」

「好吧，我工作太多，可是她總不會愛一個失敗者吧。而且，我們的生活很舒適，我也是個好爸爸。」

「我想那不只是因爲你的工作。」

「好吧，可是其他的事她又不知道，而且我也從來沒認眞過。」

「是啊，不過女人都感覺得到的。」艾克托醫生接著說。

「好，好，或許吧。可是她也怪我待在家裡的時間不夠多。說這種話的時候，她也不曾拒絕過我們的生活方式，而這一切畢竟還是要靠我瘋狂的工作啊。」

一個女服務生端來艾克托醫生幫尤利克點的東西：旗魚配上一點蔬菜。女服務生實在太漂亮了，尤利克過了幾秒鐘才回過神來享用他的食物：魚排，熟得恰到好處，十分美味。

「我覺得愛德華的故事是個很好的例子。」

「謝了，艾克托，我一直都知道我是個好例子。」

「我的意思是，你太太也是。」

「噢，不要，拜託你好心一點，別提到她。」
「當然要提，這一切，就是個挫折的故事。」
「挫折？」
「沒錯。維繫一段婚姻需要接受一些挫折。對一個男人來說，是維持忠誠時遭遇的挫折感，我同意你，在城市裡，這並不容易。」艾克托醫生邊說邊看了女服務生一眼。
「那對女人來說呢？」尤利克問道。
「嗯，她們要接受的是，譬如她們的男人不會一直在身邊出現，因爲他們太專注於工作了。對男人來說也一樣：他們不再有一個溫柔的小妻子在家等著超人回來，而是一個上班遲到，爲了辦公室的問題而心情不好的婆娘。挫折讓愛情變了樣，不再像當初那麼甜蜜。這時候一定要在時間的運用和家務勞動的分配上做出妥協。」
「在因紐特人的國度，每個人都知道自己該做什麼。」
「這裡的問題就是，情況已經不是這樣了。更糟糕的是，我們失去了忍受挫折的習慣。跟前幾代的人比起來，我們簡直就是被寵壞的小孩。」
「我媽就是這麼跟我說的。」愛德華點點頭。
「事實上，」艾克托醫生若有所思地接著說：「我們被養大的方式並沒有教導我們去接受伴侶生活中一定會遭遇到的挫折。」

「譬如？」愛德華問道。

「例子很多啊。譬如，激情已經變成一種價值了。」

「你指的是對彼此的性愛成痴。」

「你要這樣講也可以……可是所有人都知道，伴侶之間的性愛，很不幸的，不可能一直維持在這樣的狀態。」

「確實是，唉！」愛德華邊說邊幫自己倒了酒，也斟滿了尤利克的杯子。

「而且，我們太早習慣孤獨了。大部分的年輕人都會離開父母獨自生活幾年，這時候自由的習慣就養成了，他們想做什麼就做什麼，之後在兩人的生活裡就更難去忍受妥協了。」

「啊，」愛德華說：「想跟哥兒們吃晚餐，說走就走。或是吃早餐的時候無話可說……」

「這就是了，不少女人也持相同的論調。我的理論在小孩身上也成立。」

「小孩？」

「當然囉。生了小孩就是要照顧他們，一天一天的照顧。這個部分也一樣，必須要能夠承受挫折，能夠自我限制，能夠從自我走出來——總而言之，就是做一些犧牲。而這個部分，我們的能力越來越差了。」

尤利克開始明白了：喀卜隆吶克人的社會給每個人的自由賦予價值，結果，婚姻和育兒必然會失去的自由成爲很多男人和女人不再能忍受的事。於是人們不再結婚，或者婚姻不再延續，他們也不再生很多小孩。不知道會不會有一天，他們會變得像因紐特人一樣少？

「可是終究還是有人維持婚姻的狀態吧？」他問道。

「啊，當然了，」艾克托醫生說：「這些人會在伴侶治療的時段找我看診。」

「他就有點像消防隊員，」愛德華說：「當我們找他的時候，就是家裡失火了！」

不過他們兩人都同意，還是有些結了婚的人很幸福，跟他們的孩子一起度週末，而且說不定也爲這些孩子打下未來幸福婚姻生活的基礎。

「他們是我們這個社會的新英雄。」艾克托醫生說。

「是啦，我也有跟一些已婚的女人交往過，她們是滿幸福的。」愛德華冷笑著說。

「你太低級了。」艾克托醫生說。

這時，漂亮的女服務生端上甜點，看起來像一塊軟軟的小浮冰。

「義式鮮奶酪。」艾克托醫生說。

又是個新鮮的樂事。看著艾克托醫生跟他的朋友愛德華開玩笑，尤利克心想，總有一天，他會對喀卜隆吶克人的國度懷著滿滿的鄉愁。

稍晚，他又和瑪希．雅莉克絲在一起了。

「瑪希．雅莉克絲，我已經不是您的北方來的小禮物了嗎？」

「事情太容易了……」

「不管怎樣，您永遠都是我的南方來的大禮物。」

「我覺得您好像已經接受了其他禮物。」

她轉身背向他，彷彿要讓他知道，剛才的親近只是一段插曲，現在已經結束了。她白晰的背很漂亮，兩道肩胛骨像兩隻還沒長出來的翅膀。

他猶豫著。他該把事情一五一十告訴她，還是繼續維持這種比較保險的模糊狀態？這個問題沒有答案，因爲在因紐特人的國度，在實際的生活裡，沒有任何事情是藏得住的。如果您趁另一個人出外打獵的時候和他的妻子有一段情史，這個人回來的時候，一定會有人告訴他。所以最好還是跟這個人商量好，讓他把妻子借給您，下次輪到您離開營地的時候，就用同樣的條件交換，或者，如果您是單身漢，那就用一項勞務或是您爲他獵來的獵物交換。他在那家大型雜誌社的會議上說起這種事的時候，所有在場的女人都一臉被冒犯的樣子，但是又試著維持好臉色，免得讓他不高興。她們不明白，而且也很難解釋的是，這種交易有時候是由女人自己決定的，因爲她們也覺得需要一些變化。而且，有些女人還會藉此掌控他們的家庭，她們會讓疑心病在空氣中盤旋，讓她們的丈夫拿自己的性能力和其他人較勁。可是他不敢跟自己不認識的女人談性，雖然他也留意到了，在這裡，這麼做不一定是不得體的。總之，在部落裡，自從兩個獵人把妻子借給他之後，再也沒有人想把妻子借給他了，他因此懷疑起自己作爲情郎的能力：是不是他的能力太差，所以女人們在背後說起，於是再也沒有女人願意接近他？還是剛好相反，他的能力太出色，結果所有男人都聽到了風聲，於是決定永遠不要再把妻子借給他？看到瑪希．雅莉克絲和嘉桑特的反應，他現在可以傾向第二個答案了。

「你在想什麼？」她問道。

「在想因紐特人的國度。」

她轉身面對他。只要他流露出悲傷或思鄉的神色，她就會回頭來找他。女人也有可能很愛保護她所愛的人。

「您在想因紐特國度的什麼事？」

她的牙齒在粉紅色的嘴唇之間閃閃發亮，她藍色的目光沉浸在他的目光中。

「我覺得心都碎了。」

「心碎？」

他看到她的額頭出現一道皺紋，那是他的力量在她身上展現的效果。

「我在這裡很好。」他邊說邊抬起手臂，像是同時指著她、房間，還有在公寓另一頭正在熟睡的孩子們。

「可是您還是想要回去因紐特人的國度。」

「是啊，因爲那是我的國度。風……」他說了起來。

可是這有點難解釋，早晨的風聲在春天會捎來大浮冰的爆裂聲，這時您就可以信心滿滿地起床了，您會在海灘上找到幾頭沉睡的海象。

而且，當然，還有吶娃拉吶娃。可是這又是個敏感的話題了。

「喂，尤利克，我們在報導影片最後看到的那個很漂亮的因紐特女人，您跟她很熟嗎？」

不管到哪裡，世界上的女人都是一樣的。

「是啊。在因紐特人的國度裡，每個人都彼此認識。」

「她結婚了嗎？」

「還沒。」

「會不會你離開之後她已經結婚了？」

「不會！」

他的身體整個緊繃起來，他感覺自己的心跳得更快了。
她用手肘支著身體，好把他看得更清楚。
「我的北方來的小禮物……人生好複雜，是不是？」
她把她的唇覆在他的唇上。

托馬坐在扶手椅上的時候，兩腳根本搆不著地。瑪希·雅莉克絲解釋說，孩子的父親離開時，這個小男孩堅持要佔用他拿來當書房的這個房間，而且把所有家具都擺在原來的位置。尤利克此刻坐在托馬的正對面，距離不到一公尺。

「好，托馬，我們開始練習囉。」尤利克說。

「希臘人有一個疑問，他們想知道地球是扁的還是圓的。可是有些人認爲地球是圓的，其中有一個人，他的名字叫做埃拉托色尼，他問自己，要怎麼計算地球的圓周呢？他發現在他的城市裡，到了夏至那一天的中午，太陽恰好會垂直掉進某一口井的深處……呃，這裡嗎？」

「太棒了。甚至可以再前面一點。」

「什麼時候？」

「你說到『埃拉托色尼』的時候。」

「可是埃拉托色尼，他的事情很有趣啊！」

托馬的淚水突然湧上眼眶。

「當然囉，托馬，可是這只是在練習嘛。」

這個練習已經連續進行到第六天了。托馬要對尤利克敘述他熟記的一個主題，一邊說，一邊要觀察尤利克的臉，他的臉上一出現無聊或是沒興趣的訊號，他就得停下來。這個練習是艾克托醫生設計的，爲的是提升托馬對於對話者的注意力，讓他漸漸可以適應眞正的對話，這是讓他更接受同齡的同學的第一步。艾克托醫生想做這個練習已經很久了，可是幾個不同的老師或治療師都進行不下去，因爲托馬對他們不夠感興趣，所以也沒意願去留意出現在他們臉上的無聊訊號。尤利克的出現改變了一切，他是唯一讓托馬覺得夠重要的人，這樣他才會去注意他的表情變化。

「我也對埃拉托色尼很感興趣，可是現在，我們在做練習。」尤利克又說了一次。

「是啊，確實是。」托馬吸了吸鼻子說。

他看著尤利克，然後繼續。

「可是在亞歷山卓城，同一天的同一時間，我們卻看到柱子有影子……所以埃拉托色尼以此推論，如果這兩個地方的太陽光是一樣的，那就是這兩個地方的垂直線跟太陽的關係不一樣。這裡！」

「對了，太棒了！」

「我看到你開始無聊了。」

「很棒，托馬，這並不容易，我只是改變了一點我的眼神。」

「嗯，那我可以繼續嗎？」

「當然可以。」

「……這兩個地方的垂直線不一樣，那就是因爲地球是圓的，於是……」

尤利克一直看著托馬，但是從眼角的餘光他猜到房間的角落出現了一個動作，就在門邊。他沒有移開目光，可是他知道茱莉葉特剛剛走進來了。她一定沒想到他可以看見她，可是如果我們住在一個地方，那裡的熊有可能無聲無息地跑出來，我們就會學著怎麼讓視界變寬。

「這裡！」托馬大叫一聲。

這一次，托馬留意到的是一次眞實的分神。了不起的進步。

「太棒了，托馬！」

尤利克猜到茱莉葉特出現了，動也不動，靜悄悄的。

「現在，」托馬說：「換你了。你說一個故事給我聽，等我開始不專心的時候你就停。」

「從前從前，有一個驕傲的因紐特人，他遠離了他的國度……」

「這是一個新的故事嗎？」

「是啊，我剛編出來的。」

「好，你繼續。」

「從前從前，有一個因紐特人遠離了他的國度。他坐在一隻空心的大鳥裡頭飛行，來到咯卜隆吶克人的國度。每天早上，他都會去一個眞正的咯卜隆吶克人的家庭吃早餐。漸漸的，這個家庭也變成他的國度……」

在他身後，他聽見地板發出的聲響。

「……吃早餐的時候，通常有烤吐司，也有沒烤過的麵包，不過我們也可以把麵包拿去烤，只要我們把它切得夠薄。這裡嗎？」

「啊，對，」托馬說：「這些麵包的事情眞的太囉唆了！我比較喜歡那些因紐特國度的故事！」

「什麼樣的故事？」

「講到海象的故事。」

「好……這裡的人都以爲因紐特人坐皮艇去獵海豹，這就透露了他們從來沒看過一條一噸重的海象潛入水裡的時候會引起什麼樣的漩渦。」

「一噸，那是一匹很壯的馬的重量耶，」托馬說：「一匹布洛涅或是佩爾什的馬。從『馬肩隆』量起來，最高的可以有一百八十公分耶！」

「托馬？」

「啊，對了，眞是的，現在是你說故事的時間，這是我們練習的另一個回合了……要教托馬不要打斷別人。」
茱莉葉特在他後面，沒有移動。小水獺，尤利克心裡想著，我已經抓到妳了。

他們又去參加了另一場會議，在城的西邊。他們經過一個巨大的廣場，廣場上，車流從四面八方湧上來，再一次，瑪希．雅莉克絲以令人驚訝的熟練技術開著她的小車，宛如一個獵人駕著皮艇在流動的冰山之間穿梭。她穿了一件很短的裙子，露出漂亮的大腿。和狄安娜光裸的肚臍比起來，這並不是太挑逗，不過這裡的女人似乎就是要穿得讓男人心動到不行，他每次看到都還是非常驚愕。可是既然她們已經學會不要男人也可以活下去，她們這麼做的目的是什麼？她們的身體想說的事似乎跟腦袋說的不一樣，他這麼想。妳們的腦袋或許可以肯定妳們是獨立的，可是妳們的身體吶喊著不要自己一個人醒來，不要沒有另一個身體可以擁抱。

等他們開到一條比較平靜的大街上，他決定問她這個問題：

「瑪希．雅莉克絲，有一件事我不明白。」

「什麼事？我親愛的尤利克。」

從他在外頭過夜的第二天開始，白天的時候，她不叫他「我北方來的小禮物」，而是叫他「我親愛的尤利克」，語調中帶著某種距離感。

「為什麼您沒有再婚？」

「這是個好問題。」瑪希．雅莉克絲笑著說。

「我知道在這裡一個男人不能有兩個妻子，或者該說女人不接受這種事。艾克托醫生跟我解釋過。」

「那天晚上，在麗池大飯店嗎？」

「不是，是在他的診所啦。」

他差點咬到舌頭：他這不是承認了艾克托醫生曾經去過麗池大飯店，而她在電話裡聽到的就是他的聲音嗎？

「好吧，那我也得請他給我一些解釋。」瑪希．雅莉克絲皺著眉頭說。

最好不要這樣吧。尤利克決定對她和盤托出：畢竟他是先和嘉桑特做了愛之後才成為瑪希．雅莉克絲的情人，所以這也不算眞的不忠誠。可是這會兒她已經開始解釋為什麼她沒有再婚了。

「問題是，」她說：「我不是眞的吸引到很多男人。我這個年紀的男人都結婚了，不然就是為了一個比我年輕十五歲的女人離婚了。我當然也可以去找一個年紀比我大的男人，可是問題是我對這些珍貴的老東西也不是那麼有感覺。而且，他們如果有機會，也一定會去追求年輕的女人，我是說，在我這種位子的老男人……」

「為什麼是在妳那種位子呢？」

「因為他們有個好的社會地位，所以他們有點太老的事實就會被忽略。如果是個四十歲的會計去追年輕的女孩，他就是個噁心的老頭，可是如果他是個大人物，他和一個大學生有戀情，那就是個美妙的愛情故事，他們的結婚照會大喇喇地登在報紙上。這種事對他的前妻還眞是體貼！」

顯然，這是喀卜隆吶克的大人物們在伴侶關係中無法忍受的一種挫折：保持忠誠，不要去追求年輕女人。當然了，在因紐特人當中也有一些好獵人會去娶一個比他年輕的妻子，不過通常都是因爲他的第一任妻子病死或難產死了。總而言之，到了瑪希·雅莉克絲說的這些老喀卜隆吶克男人追求年輕女人的年紀，大部分的因紐特人都已經死了。

「我不會說那種稀有動物不存在，」瑪希·雅莉克絲說：「一個跟我同樣年紀或是稍微大一點的，離過婚，沒有太多問題的，而我跟他又談得來……還有，忠誠。」她補上最後一點，然後惡狠狠地瞪了尤利克一眼。

「嗯……我會解釋給妳聽。」

他開始說那天晚上發生的事。

她還是平靜不下來。她放慢車速，然後把方向盤往右打，好聽他說得清楚些，這時所有車子都呼嘯著超過他們。

「您是說您帶艾克托醫生和這兩個女孩子去？」

「不是，只有一個女孩子。不過一開始艾克托醫生並不想去。」

「可是他跟她留下來了？」

他後悔開始對她說。他很想把一些關於自己的事告訴她，可是把艾克托醫生牽扯進來讓他覺得有點困擾。

「對呀，他需要吶喀里可，您知道的。」

她知道這個詞——安慰、同情——這和她學過的黑河地區的烏克圖斯人的用語是一樣的。

「吶喀里可！是啊，當然囉，這樣一切就解釋得過去了！」

他看見她試著做出不屑的表情，但是卻忍不住露出微笑。

「吶喀里可！」她說：「搞什麼啊，眞是……」

當她笑了出來，一邊把車開回原來的車道，匯入車流，他在心裡對自己說，他愛她。

「各位親愛的朋友，今天一整天，你們聽到來自我們企業不同部門的人所報告的，提到了今年達成的所有進步與所有勝利，在如此艱困的景氣中……」

演講廳像一座巨大的玻璃冰屋，容納了數百名坐在藍色小塑膠椅上的聽眾。幾個大型螢光幕播放著特寫的鏡頭。弗蘿倫絲正挨著一支麥克風在說話，她的耳環在投射燈的光束中不時閃爍著熠熠的亮光，像在爲她說的話標上重點。在一張像一隻小鯨魚一樣長的桌子後頭，總裁坐在那裡，身旁圍繞著幾個比較低階的首領。

雖然瑪希・雅莉克絲沒來（她去參加另一場會議了），這一回尤利克並不覺得無聊，因爲在弗蘿倫絲出現之前，大型螢光幕上播放了好幾段影片。畫面上看到的是一些關於公司在非洲或亞洲的叢林裡鑽井探勘的報導；在幾個不同的海洋拍攝的海底畫面，公司在那裡鋪設了無數的油管；油田，幾百具抽油機的幫浦槓桿有節奏地運動著，把石油從地底深處打上來；幾個海上的平台，像架在高蹺上似的；幾艘大船破浪而來，如果坐在皮艇上遇到這些大船揚起的浪頭，恐怕不會有什麼好事。對一個還沒有很多旅行經驗的因紐特人來說，這一切都很有趣。突然，天際出現了一個他不認識的海域，一座座大山神秘地浮現在海平面上，像一群鯨魚的背脊動也不動地定在那裡。接著鏡頭來到群山之間，帶到它們覆滿植披的岩壁，陡峭的山崖直接伸入寧靜的海裡，彷彿一座座大冰山復活了似的。他被這個地方的美景撼動了。

「……最後，是下龍灣，提醒您別忘了我們在越南的投資計畫。」弗蘿倫絲繼續說：「不過，現在我想讓大家認識一位嘉賓，他代表他的族人，他也是我們企業爲了保護環境所做的努力的見證人……」

他往圍著大桌子坐的那些人走去，此時會場響起一片掌聲。

「請坐，我親愛的尤利克。」總裁指著他身旁的一個座位（這個位子才剛由一個比較不重要的首領讓了出來）。

正當總裁開始另一段演說時，他在巨大的螢光幕上瞥見自己的臉。總裁說著他們的第一次會面，不時還提起會面前的那次圍獵活動。

「我之所以希望尤利克來跟大家說說話，是因爲我認爲我們有一些事情要向他學習。當我們必須生活在零下四十度的氣溫裡，除了可以從環境獲取的東西之外，沒有任何其他資源，這時候我們沒辦法只靠自己一個人，我們得依賴團體——在這裡，我們會說『我們的團隊』——我希望尤利克告訴我們的，就是這個。因爲在他們那裡，跟我們這裡一樣，只有團隊才會贏。」

掌聲再度響起。尤利克明白「只有團隊才會贏」就像這家公司流行的某種祈禱用語，只要透過一個大首領說出來，立刻就會引發一陣掌聲。他要去找瑪希・雅莉克絲解惑，因爲他實在搞不懂，這些人可以製造出像他們的大船那麼複雜的東西，爲什麼會爲這種人盡皆知的事情鼓掌呢？

不過，此刻，他得爲他們說一說打獵和打獵的規則了。他開始說了，他很確定自己會說得很成功。

「我親愛的尤利克，您的意思是，打獵的時候所有人都會參與？」

總裁的一口白牙在巨型螢光幕上閃閃發亮，彷彿尤利克剛剛說的事讓他深深陶醉。

「當然了。當您在獵海豹的時候，您得等著牠浮上海面來，這時候其他人得跟您輪班，因爲我們在冰天雪地裡停著不動的時間不可能太長。當您坐船出去打獵的時候，得有人划船，有人監看，有人負責射魚叉。獵熊的時候，得要有好幾架雪車一起追捕牠，所以您有好幾隻狗都會暴露在危險之中。就算是最後沒有親手殺死熊的那些人也會分到一份。」

「這就是了，」總裁說：「就像我們一樣，『只有團隊才會贏』。每個人都要參與，因爲每個人都知道，成功要靠他。」

弗蘿倫絲接了話。

「或許有些人有問題想要問尤利克。麥克風會在大廳裡傳來傳去。」

他饒有興味地等著看大家要問他什麼問題：比起喀卜隆吶克人給的答案，他在他們問的問題當中，理解了更多關於他們世界的事情。

一個女人拿到了麥克風，她很蒼白，穿著暗色系的衣服，乾瘦的臉看起來有點像飢民。

「在您剛才說的事情當中，您提到了男人，在你們那裡，女人是不是團隊的一分子？」

現場靜默了一下，幾聲驚歎，甚至還有幾聲笑。他想起上次去電視臺時人家問他的問題。顯然，她們很在乎這種女性角色的問題。

「女人也是團隊的一分子，」他說：「她們處理服裝的問題，她們要縫衣服，嚼皮革。一個獵人的衣服的狀態如果不好，他是走不遠的。」

不過這個年輕女人的壞心情似乎還沒平靜下來。

「可是她們沒打獵。」她以責備的語氣說。

「她們不會獵大型的獵物，但是她們會用手撈網去抓海雀。」

「可是她們爲什麼不能跟男人一起去獵大型的獵物呢？」

「因爲她們得留下來照料小孩和冰屋。」

現場還是陣陣竊笑。爲什麼這種人盡皆知的事情會讓他們發笑呢？

「是啊，」年輕女人接著說：「可是爲什麼男人不做這些事呢？」

「因爲他們去打獵了。」

這一次人們笑開了。他得去回想瑪希·雅莉克絲的樣子才想得起來，人們並不是在嘲笑他。
弗蘿倫絲對他說：
「希樂薇想知道的是，爲什麼你們不用另一種方式分配工作呢？有些女人有時候可以去打獵，讓男人去照料冰屋的事。」
他想起艾克托醫生給他的建議：覺得尷尬的時候，可以用另一個問題來回應。
「我知道，」他說：「可是這樣有什麼好處呢？」
「說不定女人也喜歡打獵呀？」弗蘿倫絲問道。
他認眞想了一下，面對這些面帶微笑看著他的臉，又看到自己的特寫鏡頭出現在巨型螢光幕上，實在很難專心。
「我想，她們或許會喜歡打獵……如果我們從小就教她們這些事。不過我們沒有教小女孩打獵。」
「那如果你們教她們呢？」
「說不定有些會變成相當好的獵人，誰知道呢？」
「這就是了，」名叫希樂薇的年輕女人接著說：「在這裡，女人和男人做的工作型態都一樣。」
「是啊，我留意到了。可是在打獵這方面，女人永遠不會像男人做得那麼好。」

大廳裡一陣竊竊私語。他發現幾乎所有男人都在微笑。
「爲什麼？」希樂薇問道。
「因爲女人不喜歡殺戮。」
又是一陣竊竊私語。他感覺很多人都同意他的說法，這讓他有勇氣繼續說下去……
「女人應該要溫柔而敏感，才能好好照顧她的孩子。如果您溫柔而敏感，您就不適合去殺戮。要當一個好獵人，女人得變得更狠心。可是女人不再溫柔、不再敏感，誰想要當她的丈夫？」
臺下傳來一陣吵嚷，有笑聲，有竊竊私語，有憤怒的聲音，也有掌聲——一陣喧譁。有幾個女人站起來往出口走去，總裁繼續微笑，弗蘿倫絲則是拍了拍麥克風，把話接了過去。
這一次，麥克風傳到一個年輕男人的手裡。
「我叫謝德希克，」他說：「我是這家公司的新進員工，人力資源部，到職一年。我想知道的是，你們如何分享打獵的成果。」
弗蘿倫絲插了話。
「謝德希克，您的問題很有趣。」她以一副王者之姿說：「可是您可不可以在我們關心的『團隊會贏』的意義上，把您的問題說得更清楚一點？」

「當然可以。爲了維持一個團隊的積極性，一定要讓每個人覺得自己受到獎賞。我想知道的是，在尤利克的家鄉，他們是怎麼做的？」

尤利克端詳著謝德希克。他跟所有在場的男人不一樣，他並沒有打領帶，可是就他所知，這是喀卜隆吶克人所有大型場合的慣例。他有一種奇怪的感覺，他覺得謝德希克已經知道他提的問題的答案，也知道關於因紐特人生活的種種，他只是希望尤利克把答案告訴他所有的同事。

他看見弗蘿倫絲想找些話說，不過他還是開始講了，因爲他覺得很自豪，可以解釋在因紐特人的國度，分享的規則是什麼。

「我們切割一頭海豹或一頭熊的時候，得處理得很正確，而且用的是同樣的手法。接著我們會把一塊塊的肉分給所有參與打獵的人。」

「連那些沒有殺死動物的人也分嗎？」謝德希克問道。

「當然了。我們很清楚，不是所有人都一樣強，或是一樣熟練，也知道有些人的打獵技術就是一直比其他人好。可是就算是最好的獵人也應該分享，不然誰要跟著他一起去打獵？」

「可是如果他自己去打獵呢？」

「就算您自己去打獵，您回來的時候也得跟大家分享。」

「可是比較好的獵人分到的那一份不會比較大嗎？」

「在豐收的季節，他可以多得一份，可是平常時候是依照您家裡的小孩人數來分的。」

「所以最好的獵人不會比其他比較差的獵人多分到一點食物囉？」

「不會，大部分的時候，沒有什麼差別。」

「好，」弗蘿倫絲插了話：「您的問題得到答案了。下一位？」

「請等一等，」謝德希克繼續說：「我也想像剛才希樂薇一樣，我想問尤利克，為什麼他們沒有想像另一種系統？尤利克，如果每個獵人都把打獵的主要成果保留下來，會發生什麼事？這麼一來，好獵人可以養更多小孩，甚至有好幾個妻子。而差的獵人，小孩和妻子就比較少。」

尤利克很確定，這個男人懂得因紐特人的生活。

「有時候，有些很好的獵人會受到這種事的引誘，」他回答的時候想到那個愛吹噓的庫利司提沃克。「他們會留下他們獵物當中最大的一份，用他們獵來的獸皮讓女人留下深刻的印象。可是這種事行不通。」

「為什麼？」

「因為其他人會討厭他。仇恨會定下來，他在部落的生活就會變得困難。為了在部落裡活得愉快，就不能與其他人有太大的差別。這就是我們為什麼總是分享的原因。」

他發現總裁、弗蘿倫絲和比較低階的首領似乎已經繃起臉一陣子了，可是等謝德希克問了這個問題之後，他看見他們的臉繃得更難看了。

「那麼一個部落最好的獵人贏得——這麼說吧——比普通的獵人多一百倍的獵物，您對這樣的事有什麼看法？」

「這就不再是個部落了。」尤利克說。

「爲什麼？」

「因爲有太多的恨。」

臺下一片譁然，這次，響起的是如雷的掌聲。可是，奇怪的是，總裁和弗蘿倫絲卻沒有絲毫笑意。

會議結束之後，弗蘿倫絲送他回去，她的車子比瑪希．雅莉克絲的寬敞得多，車頭很怪異地讓他想起鯊魚的嘴。

車子開在高速公路上，因爲石油公司的總部設在首都的城外。瑪希．雅莉克絲通常都把車開在中間的車道，弗蘿倫絲則是一直開在最左邊的車道，不斷地超車，超過無數車輛，逼著前面的車子讓路。

他觀察她開車的方式，想起她主持會議的權威，尤利克在心裡問自己，他最後說的關於女人厭惡殺戮的那些話到底對不對。他可以替因紐特女人回答這個問題，可是像弗蘿倫絲這種女首領，她們佔據的是通常保留給男人的職位，她們也厭惡殺戮嗎？艾克托醫生不是說過，她們在這裡像男孩子一樣被養大？而男孩子確實容易有暴力傾向。

他心想，如果年輕的謝德希克留意到弗蘿倫絲在會議最後瞪著他看的眼神，他應該會開始害怕了吧。

她突然換了車道，害他跳了起來。

「您會不會怕坐車子？」

「不會。」

多天眞的問題啊，竟然問一個因紐特人會不會怕！他跟瑪希．雅莉克絲在一起的時候比較自在，可是他如此招認的話可能是找死。

「您開車比瑪希．雅莉克絲快。」他還是忍不住說了一下。

「噢，這輛車就是做來開快的，而且我喜歡開車。」

「我也是，我也喜歡開車。」

「那我可以教您。」弗蘿倫絲說著，露出淺淺一笑，意思是她在開玩笑，可是這笑容又透露出另一種意圖，這個意圖是完全認眞的。

他偷看了她一眼，她比瑪希．雅莉克絲年輕，可是個子比較小，比較不纖細，動作和聲音裡有某些稍嫌粗魯的東西，對一個臉龐如此優雅，妝畫得如此完美的女人來說，這樣的組合有點令人驚訝。他對她充滿好奇，她是個女人，同時也是個喀卜隆吶克人的大首領，他很好奇，她做愛的時候是不是跟其他女人不一樣。（嘉桑特現在跟他做愛的方式比起第一次低調多了，或許是因爲比較眞心了，在這方面，她變得比較接近瑪希．雅莉克絲了。）

另一方面，或許他完全搞錯了，他不該忘記自己對於喀卜隆吶克女人的認識很少。而且，瑪希．雅莉克絲有可能不希望他跟她的朋友弗蘿倫絲混得太熟。

「您跟瑪希．雅莉克絲相處得好嗎？」

「是啊，我覺得對我來說，她是很好的人。」
弗蘿倫絲又笑了，他明白她知道他們的事。
「噢，不過我相信您對她來說也是很好的人。」
「那是一種運氣，也是一種機會。」
她淺淺一笑，斜眼看著他，這一次，他知道他絕對沒有搞錯。
「您說得對，我親愛的尤利克，機會來的時候一定要把握。」
「而且，不能因爲太貪食而毀了它。」
她又露出微笑。這種暗示性的說話方式非常好玩，他想起他在譚布雷站長的一本書裡讀過的一個字眼：「故作風雅」。沒錯，這就是在故作風雅，這是因紐特人不知道的一種語言風格，可是學起來還不難。
「您知道嗎，尤利克，貪食已經不是我們宗教裡的一宗罪了。」
「可是貪婪呢？它還是一宗罪吧？」
「噢……七宗罪您都知道？」
他在《天主教教理》這本書裡讀過。
「是啊，爲了多瞭解你們一些。」他說。
她又露出了微笑，可是沒有把目光移開路面：她正在逼他們前面的一輛車子讓路。

「爲了多瞭解我們一點？您的意思是，我們女人？」
「噢，也包括男人啊。不過當然了，女人比較難瞭解。」
「眞的嗎？可是現在我覺得您對我還滿瞭解的。」
「您的人太好了。我只是個很笨拙的因紐特人，我盡力做到最好而已。」
「而且，您還嘲笑我。」
「我可從來沒有這種想法。」
她又笑了。
「您想不想把握我們的機會？」
「我不知道，如果瑪希．雅莉克絲……」
「瑪希．雅莉克絲又不一定會知道……」
他在心裡問自己，他還能說不嗎？答應的話，會不會給他帶來更大的麻煩？可是弗蘿倫絲已經把車子轉向高速公路的出口了。

「用力，再用力一點。」弗蘿倫絲喘著氣說。

她以她一貫的首領權威和速度，把他帶到機場附近的一家大旅館裡。此刻，在這個房間裡，她讓他很清楚地知道，她想要被推倒，被弄翻，被穿刺，這些姿勢讓人想起動物，因紐特男人和女人做愛時從來不會用這種姿勢。她全神投入，發出熱切的呻吟，片刻之後，她突然開始抗拒他，開始掙扎，結果他不得不更用力才抓得住她，這時她終於放棄了，可是過沒有多久又開始抵抗了。

這很刺激，而且還有點嚇人……這種做愛的方式讓他覺得有點像在打獵，得付出很多努力，最後才能征服獵物。

「弄痛我，罵我。」她的臉貼在他耳邊嘶喘。

他以爲自己聽錯了，可是她又在一次喘息中重複了同樣的話。沒錯，她要求的正是他弄痛她、罵她。瑪希．雅莉克絲的身影出現在他眼前——激烈卻低調的狂喜之中，她的眼皮因爲害羞而低垂。他任由自己癱在床上。

「還沒結束！」弗蘿倫絲氣憤地說。

她看到他的陽具還雄赳赳的，她確實會這麼想，可是他知道已經結束了。

「我想我們已經把握了我們的機會。」他說。

她立刻改變了態度，鑽到他身邊，幾乎要像隻柔順的貓咪發出呼嚕呼嚕的聲音了。

「一次非常美麗的機會。」她低聲對他說。

他覺得這是一次有趣的經驗，可是他不一定會想要再經歷一次。她偷看了一眼手錶——做愛的時候她並沒有拿下來。

「你害我遲到了。」她用平日的語氣說。

她這麼說著，彷彿這是一項輝煌的成就。她的態度立刻回復到現實，回到首領的態度，速度之快令人驚訝。她起身走向浴室，可是他一把抓住了她，她也任由他這麼做。他把她帶到身邊，勾著她的脖子，像是不讓一隻小狗跑去玩。

「弗蘿倫絲？」

「嗯。」

「我想我們還是應該繼續以『您』相稱。」

她靜默無語。他不想提到瑪希．雅莉克絲，可是弗蘿倫絲馬上就明白了。

「當然了，我親愛的尤利克，跟您一起度過的這些時刻讓我很快樂。」

「就是這樣。」

「噢，當然了，我也不想讓瑪希．雅莉克絲難過。」她脫出他的懷抱，往浴室走去。他在她的聲音裡感覺到一絲怒氣。

他依然躺在床上，聽著她一邊淋浴一邊哼著歌。這是他從旅居此地以來，第一次感到身體上的疲累。跟弗蘿倫絲做愛是一種讓人筋疲力盡的活動，就像在崎嶇不平的地面上駕馭雪車。他一定要告訴她，可是他想她應該不會喜歡這種比喻。

「換您了。」她走出浴室時已經畫好妝，嬌豔的模樣彷彿剛從會議室走出來。

他明白了像弗蘿倫絲這樣的女人的大秘密：我們會在她身上發現兩個完全不同的人，得看她是站著還是躺著。男人要這樣恐怕很難。

後來，在車上，她一臉陰鬱地開著車。他無法忍受這種靜默，同時他想要更理解女人的那股渴望又甦醒了。

「弗蘿倫絲？」

「嗯。」

「我想問您一個問題，可以嗎？」

「問啊，不必請求許可。」

「好。爲什麼您沒有男人？」

她看著他，不高興的神色很明顯。

「誰告訴您我沒有男人了？」

「呃，我要說的是，您是個非常迷人、非常漂亮的女人……可是您沒有結婚，您沒有小孩。」他補上這一句。

他看著她的臉色變得柔緩。這種共通的特質，喀卜隆吶克女人和因紐特女人都一樣。

「噢，我親愛的尤利克，這種事有點難解釋。」

「請告訴我爲什麼，您這麼聰明，您可以的。」

她笑了，同時以他不習慣的速度不斷超車。

「這麼說吧，小弗蘿倫絲看到她的爸媽離婚，她明白了有能力獨立、不需要男人是非常重要的。而且，我也不覺得自己漂亮，所以我想我應該找不到丈夫。而且我知道，不管怎樣他們終究會離開，所以我很努力工作，我通過一些很困難的考試。」

「可是您的生命裡沒有男人嗎？」

「有啊，不過那時候我覺得跟我一樣年紀的男人沒什麼意思，於是我開始跟一些已經結婚的老男人交往。」

「可是他們的妻子知道嗎？」

「不知道。呃，有些人的妻子會懷疑啦。不過她們也沒說什麼。」

「他們都是一些大首領。」

她驚訝地看著他。

「是啊，一些大首領……其中有一個尤其是。」

「可是您沒有過哪個時刻很想結婚，很想要有孩子嗎？」

「您可眞好奇，我親愛的尤利克，我眞不知道我跟您說這些做什麼。」

「因爲您對我有好感啊。」

她笑了。

「是啊，您感覺到啦？而且很有好感，今天，我說不定會想要有孩子，因爲我已經剩下沒幾年可以生小孩了。不過問題是，我找不到適合這件事的男人。」

「爲什麼呢？您非常有吸引力啊。」

「您別再說了，沒那麼有吸引力啦，我自己知道。」

「弗蘿倫絲，您很清楚……」

「是啦，我知道，我知道。總之，就連跟您，我也重複了我的模式：我選擇已經有人要的男人。」

「可是您爲什麼不去找單身的男人呢？」

「因爲我這個年紀的男人……比較好的那些都已經有對象了。而且，還有一個問題……」

「什麼問題？」

「我的職位相當高，您知道的。我是一個喀卜隆吶克人的女首領——你們是這麼說的吧。」

「是啊，是這樣。」

「而這讓男人害怕。女的首領，這種事應該不會讓他們興奮吧。」

「您只要去找比您更高階的男的首領就好啦。」

「可以啊，可是這麼一來，有可能的人選就少很多了。而且這些人，問題還是一樣：在他們的年紀，他們都已經結婚很久了，不然就是爲了比我更年輕的女孩子而離開他們的妻子。」

「瑪希·雅莉克絲也這麼說。」

「啊，眞的嗎？她至少年輕的時候還結過婚，而且還有了小孩。」

他在心裡問自己，瑪希·雅莉克絲在和夏勒結婚的時候，是不是覺得自己找到了「對的男人」？他想到托馬和茱莉葉特，他想要待會就去找他們。他覺得待在弗蘿倫絲身邊讓他渾身不自在，這場冒險讓他後悔。跟嘉桑特在一起的時候，他不會感覺到自己背叛了瑪希·雅莉克絲，因爲他們之間的關係在瑪希·雅莉克絲吻他之前就開始了。他跟瑪希·雅莉克絲和嘉桑特在一起的時候，也不覺得自己背叛了吶娃拉吶娃，因爲他在一塊異國的領土上，而且，他和吶娃拉吶娃還沒有做過愛。可是在他和弗蘿倫絲一起度過的這個小時裡，他覺得自己背叛了吶娃拉吶娃、瑪希·雅莉克絲和嘉桑特，而得到的歡愉卻很乏味。現在，他只希望他們可以盡快分手。他試著讓自己放鬆，不要讓她發現。他沒忘記她對他有多重要，她可以爲他的部落做多少事，可以讓他凱旋歸鄉，娶吶娃拉吶娃爲妻。「所以，這不算是背叛！」他心裡這麼想。

接下來幾天，一連有好幾件大事。

〈尤利克：他怎麼看我們〉：這篇報導刊登在那份大型的女性雜誌上，配上幾張尤利克的照片。其中有三張是他裸著上身，在幾張毛皮的背景前擺出一副漫不經心的姿勢。這一期雜誌再版了好幾次，刷新了先前由一位知名歌手創下的印量紀錄，這篇報導也翻譯刊登在這份雜誌的所有外文版上。

雜誌一出刊，好幾個電視節目的邀約就來了。弗蘿倫絲和瑪希．雅莉克絲坐在客廳的沙發上討論這件事，他聽著她們說話，看著這兩個女人做決定，而他這個男人卻無事可做，只等著她們來導引，他的心裡覺得很神奇。

「好，這個節目，尤利克得去上。」弗蘿倫絲說：「他完全在他們的主題裡：大海。」

「而且，這個節目很棒。」瑪希．雅莉克絲說：「托馬和茱莉葉特會看，我也會看。」

「而且這個節目很多環保人士會看，這樣對我很好。」

「妳的意思是對你們總裁和公司很好吧？」

「沒錯，所以對於給你們高貴的組織的那些捐款也很好！」

她們經常鬥嘴，可是下一分鐘卻又笑成一團。他試著回想因紐特女人之間的爭吵，可是很難想起什麼，因爲那裡的女人總是會想盡方法，不要在男人面前講女人之間的話。

「那這個呢？」

「嗯，我覺得不怎麼樣耶。這個節目有太多名人了，來賓的類型也太多，我想他如果去參加的話，進行到一半就會受不了了。」

「我也覺得，而且這個節目實在不怎麼樣。」瑪希·雅莉克絲說。

弗蘿倫絲笑了。

「不會呀，好歹也有一些部長來上過這個節目啊。」

「就是因爲這樣我才說它不怎麼樣。」瑪希·雅莉克絲說。

這會兒，兩人像少女似的噗嗤一聲笑出來。看到跟他做過愛的兩個女人在眼前意見一致，這畫面實在太讓人覺得平靜了。他開始理解有兩個妻子的首領了。可是，當然此刻畫面中的寧靜有個前提，那就是瑪希·雅莉克絲不知道他跟弗蘿倫絲做了什麼事。

「那這個呢？」

「這個問題很大。」

她開始談一個全身黑衣的男人主持的節目，他邀請的來賓是所有當下知名的人物。尤利克開始有睏意了。根本沒必要聽下去，反正他已經決定照著她們決定的去做。

「比較正面的是，觀眾超級多的。」

「是啊，不過現場有點像個獸欄。」

聽到這個他就醒了。

「爲什麼像獸欄呢？」

她們看著他，彷彿突然想起來他的存在。

「嗯，怎麼說呢？」

「尤利克，有時候他們會問一些不太客氣的問題，或是有些人會發表一些傷害人的評論。」

「傷害人的評論？傷害我嗎？」

「是啊，有可能是。」

「另一方面，他們也不是瘋子，」弗蘿倫絲說：「尤利克已經有個討人喜歡的形象了，他是個外國人。他們會自我作踐，同時也作踐他。」

「對呀，結果你也知道，所有人都會忘記接著要播出的是什麼節目。」

不客氣的問題、傷害人的評論……。從他抵達開始，所有人都對他表現得很客氣，他不再需要表現強悍來捍衛自己的榮譽或名聲。他沒再遇過任何考驗需要去爭取勝利（除了跟弗蘿倫絲做愛，可是這件事只發生了一次，而且也沒留給他任何勝利的感覺），他的生活變得有點淒涼，這種感覺他自己很清楚。有時候，他覺得自己不再是個男人了。

「我願意去上這個節目。」他說。

「所以，尤利克，您來到我們這裡三個星期，已經成爲一個明星了！我們在電視上看到您，在一份大型雜誌上看到您……女士、先生們，請慢慢欣賞！」

這時尤利克刊登在大型女性雜誌的照片出現在巨型螢光幕上，觀眾在奏出一段凱旋音樂時不斷鼓掌。他知道這一切在另一個房間裡的瑪希．雅莉克絲和弗蘿倫絲都看得到，那裡也有一臺電視。

「好的，尤利克，您來自一個男人都去打獵的國度……」

怪事，主持人的黑髮加上高聳的顴骨，看上去很像是因紐特人的死敵——克里族（Cree）的印第安人——他在瑪希．雅莉克絲的書上看過。不過他看起來很友善。

「……可是女人，她們都留在家裡照顧小孩。她們是不是一向都同意這麼做？」

這個領域是他熟悉的，尤其在他和艾克托醫生聊過之後，他覺得可以答得很輕鬆。

「這是一種分享，」他說：「所有人都在其中得到他的一份。」

主持人看著觀眾，同時嘟起嘴表示他對尤利克的回答的敬意，掌聲再次響起。

主持人繼續問他幾個關於因紐特人生活的問題，都很中肯，顯示出他眞的做過功課，這也讓訪談進行得很順暢。一切都進行得很好，他不明白爲什麼瑪希．雅莉克絲和弗蘿倫絲會把這個節目描繪成一個獸欄。

「現在，女士、先生們，讓我們歡迎不留在家裡的這位，她應該是那種會出外打獵的——艾德琳。」

所有人都鼓掌，這時一個女人從簾幕往前走，在尤利克附近坐了下來。

她有一點胖，但是胖得很得宜，臉上掛著一抹美麗的微笑——雖然整體來說不是非常漂亮。她應該有三十來歲，這是因紐特女人已經生完所有小孩的年紀了。

「艾德琳，您剛剛寫完一本引起廣泛討論的書，這本書正要成爲暢銷書，書名是《我不需要任何人》。」巨型的螢光幕上出現了書的封面，觀眾又再次鼓掌。艾德琳露出微笑，可是尤利克留意到她的防禦心理還是很強。

「艾德琳，在您的書裡，您說在一些實際的經歷之後，您發現自己一個人比跟一個男人在一起快樂。您還說有很多女人也這麼認爲，只是不敢說出來，因爲人們認爲這樣的想法會讓人不舒服，而且對社會來說，女人是一種脆弱的生物，她們需要男人，可是其實大家都知道這不是眞的。」

「是的，」艾德琳說：「大部分的女人都覺得自己一個人生活很好，就像我，而這就是我想要說的。」

「可是艾德琳，畢竟您也跟男人一起生活過，您甚至差一點就結婚了。」

「是的，因爲我以前跟所有人一樣。可是現在，我發現跟男人在一起的時候，我不是那麼快樂，而我卻強迫自己相信。」

「哎呀，我們現在知道爲什麼他們都閃人了。」

觀眾爆出笑聲。說話的是一個矮個子男人，穿著藍色的襯衫，坐在他們後方。尤利克一上節目就注意到他了，因爲瑪希．雅莉克絲和弗蘿倫絲早就提醒過他，說這個人有可能會做出冒犯別人的評論——所以必須冷靜，不要理他。尤其是不可以打架，瑪希．雅莉克絲特別強調了這一點。可是矮個子男人在他說到因紐特人的生活時並沒有插嘴，他剛剛才第一次做出冒犯別人的發言。尤利克原本以爲艾德琳會嚴厲地反駁他，可是他很驚訝，他只看到她在觀眾大笑的時候有點尷尬地微笑。他覺得她受傷了，可是卻故意表現出她沒把矮個子男人說的話當一回事。

「對不起，女士、先生們，他不懂得控制自己。好的，那麼，您說您不再需要男人了。」

「是的，而且這對所有女人來說都可以成立。我們賺錢養活自己，而且再過不久就要賺得比男人多了，因爲女人的能力越來越好。譬如，在警界和司法界。再過沒多久，所有階級都要變成女性居多了。我們不再需要男人來提供我們的需求。」

「好的，可是孤獨呢？夜裡當您待在家裡的時候呢？」

「家裡沒有男人不表示女人不可以出門，去跟人碰面、去看表演。我們甚至有更多可用的時間可以去看朋友。而且，我們聽了已婚女性朋友的告白之後，更不想過伴侶生活了！」

「確實，婚姻生活不會永遠是天堂，可是艾德琳……」

「可是什麼？」

「有一個問題我很想問您，可是我不知道可不可以問。」主持人露出調皮的微笑問道。

「我可以回答。」

「那性愛呢？當您需要做愛的時候呢？」

「您知道的，要找到想做愛的男人不是一件難事。」

「尤其是在妳付他夠多錢的時候。」矮個子男人說。

艾德琳氣壞了，觀眾則是哈哈大笑。尤利克看到她眼裡的淚光閃現了一瞬，可是她繼續保持微笑，彷彿矮個子男人是個瘋子，不必拿他當回事。

「啊，眞是的！他太可怕了，」主持人笑著說：「請別理他。可是畢竟，艾德琳，您說的對您來說或許可以成立，可是孤獨這件事讓大部分的單身女人都因此受苦，不是嗎？」

「這是您認爲的。可是請看，三分之二的離婚案例都是女人請求的，如果她們這麼害怕孤獨，她們就不會這麼做了。」

主持人轉過來面對尤利克。

「那您呢，尤利克，您怎麼想？」

他受到矮個子男人剛才發言的震撼，還沒回過神來，不知該如何回答。在因紐特人的國度，公開羞辱女人是被禁止的。他無法理解怎麼會沒有人對這樣的發言做出回應。不過他來是爲了代表他的族人，不是要來主持正義的，他得回答才行。

「我覺得女人可以想某些事情，然後同時又感受到其他的事情。」

「您的意思是女人很複雜。」

「又是大男人的刻版印象。」艾德琳說。

觀眾開始笑罵，發出噓聲。可是主持人作勢打斷了臺下的喧囂。

「女士、先生們，請冷靜一下。我想尤利克有一些有趣的事要說，她們想什麼？她們又感受到什麼？」

尤利克看到矮個子男人在看他，一副伺機攻擊的樣子。

「嗯，她們想的是她們可以不要男人。」

「可是爲什麼她們會這麼想，而爲什麼這種事不會發生在您的家鄉？」

「首先是因爲在這裡，女人可以允許自己這麼做。」

「是的，可是這並不是理由。爲什麼她們會想要擺脫男人呢？」

「我不認爲她們這麼想。我認爲她們很期待男人，因爲找不到她們期待的對象，才會維持單身。」

「可是依您之見，她們期待的對象是什麼樣的呢，尤利克？」

這個問題很難回答。他不想惹惱任何人，可是他又得表現出因紐特人很聰明。

「她們的期待很多。一個男人既要強壯得可以在床上滿足她們，同時也要對她們很溫柔、很忠誠。」

臺下一陣喧鬧，主持人依然用讚賞的眼神看著觀眾，所有人都鼓掌了，不過還是有一些噓聲和笑罵聲。怪異的是，這樣他反而覺得舒服，他已經受夠了所有人都對他客客氣氣的。

「可是在您的家鄉不是這樣嗎，尤利克？」

「我們也一樣，不過因爲我們的人口很少，所以女人不會作夢：她們知道哪些男人是可以交往的，她們從小就跟這些男人很熟，知道他們的分量。在這裡，女人夢想要遇到她們還不認識的男人，最後要找到對的男人。我甚至看過一些女人在電視上展示自己，希望有不認識的男人打電話給她們。」

「女士、先生們，尤利克也看『眞愛，相遇』。那麼，艾德琳，您對於尤利克說的有什麼想法？」

「我覺得尤利克的意思是因紐特女人對於男人是什麼樣子就逆來順受了，因爲她們倚賴男人，而我們不需要再逆來順受了。我們比較喜歡獨自生活，勝過陪伴糟糕的伴侶。」

艾德琳的說法裡頭有某個東西擊中了他，自從他來到這個國家，他已經感受到好幾個單身女人的慾望和她們在男人臂彎裡的幸福。

「可是，」主持人說：「總是有些女人結了婚而且很幸福，不是嗎？」

「沒錯，可是這種事可以持續多久？過沒多久就有一半的婚姻以離婚收場了。這還不算那些不幸福但是沒離婚的。」

「啊，」主持人看著手上的一張卡片說：「確實如此，可是我也看到，在分手之後，男人再找到伴侶的機會通常比女人高。」

「您看，」艾德琳說：「這就證明了在伴侶關係中得利的是男人。」

「不過，通常他們會找到一個比較年輕的女人。」主持人讀著手上的卡片。

「而且還比較瘦！」矮個子男人說。

觀眾爆出大笑。尤利克再一次發現艾德琳的眼角出現了痛苦的訊息。他感受到一股想要保護她的欲望，可是他什麼也不敢說，因爲他怕自己會引起更多對於她體重的注意力。不過他可以岔開話題。

「我有另一個問題。」他說。

「啊，尤利克，我們洗耳恭聽。」

「在我們那裡，女人都很害羞；在這裡，女人整天都把身體顯露出來，結果男人不斷地渴望出軌。」

再一次，笑聲，掌聲，笑聲。

「事情不盡然是如此。」艾德琳以王者的氣勢發言。

「遮起來吧，親愛的，我比較喜歡這樣。」矮個子男人說。

這實在太過分了，他轉頭看著矮個子男人。

「在因紐特人的國度，一個男人永遠不該羞辱一個女人！」

「我……我沒有覺得被羞辱。」艾德琳說。

「啊，你看，」矮個子男人說：「她什麼都不要你幫忙。」

他知道自己犯了一個錯：艾德琳是不會接受男人保護的，她會覺得這樣很沒面子。當臺下觀眾鼓掌時，他心裡想著：喀卜隆吶克女人眞的是瘋了。

上了這個節目之後，尤利克的生活開始改變了。人們在街上會認出他。「是尤利克！」他經常聽到身後傳來這樣的驚呼，先是一個小男孩，身旁是她的母親，接著是一群中學生，一個有點害怕的女人，一對老夫妻，大家都笑嘻嘻地向他走來，向他索取簽名，說他們覺得他在電視上好棒，然後又爲了打擾他而致歉。人們依然對他十分客氣，他已經不知道他們這樣對他，究竟是像在保護一個孩子，還是想得到一個首領的恩寵。

「兩者都有一點吧，」艾克托醫生說：「對他們來說，您既是個可憐的因紐特人，受到一個充滿敵意的世界的威脅，同時又是我們在電視上看到的人，一個明星。這是一種讓人無法抵抗的組合。」

「石油公司想要我幫他們的廣告拍照片，甚至還想拍一段影片。」

「啊，您看吧，他們也明白這個，我希望您會向他們要一大筆錢。」

「瑪希・雅莉克絲說她要去找個律師。」

「她的前夫不就是嗎？」

「是啊，但是她想找別人。可是我想這是夏勒的領域，他的專長就是處理這一類的合約。」

「您經常見到他嗎？」

事實上，自從尤利克住進瑪希．雅莉克絲的家以後，夏勒就經常出現在他們的公寓。有一天，他甚至還帶了一束花來，因爲沒有人在家，他就把花留在廚房裡。

「這是男性的一個特質，」艾克托醫生說：「這叫做『回頭太晚』。」

尤利克很喜歡這些拜訪艾克托醫生的日子，他覺得從中學到很多關於喀卜隆吶克世界的事，跟他聊天比參加好幾天的會面或是會議的獲益還多。

「您對艾德琳有什麼看法？」他問艾克托醫生。

「這還是自我防禦的問題。」

「您的意思是，她說某些事、想某些事，是爲了隱藏其他無法忍受的痛苦嗎？」

「沒錯。就像所有或幾乎所有女人一樣，她因爲自己的孤獨而痛苦，可是這種事很難承認，首先因爲她希望自己是個勇敢獨立的女孩子，她要過得幸福，不該倚靠男人。」

「然後呢？」

「然後，當我們在一個我們害怕走不出去的處境裡，我們就會試著告訴自己，這樣很好，好讓自己不要太難過。她或許還說服了自己，她這樣子的生活還不錯，結果，也是眞的。像她這樣的女人，我看過太多了……」艾克托醫生這麼說。

「您經常有單身的女性患者嗎？」

「啊，是啊，不過您別忘了，在這個城市裡，有一半的女性都是自己一個人生活的。」

「您的意思是她們的生活裡沒有男人？」

「不一定是這樣，她們有時候也會有豔遇，或者甚至有情人，不過大部分的夜晚，沒錯，她們是自己一個人待在她們小小的住處。」

尤利克又感覺到一股暈眩，他想到這幾十萬的女人不屬於任何男人，說不定他可以和她們上床，尤其是他現在已經成了電視明星。就算他在喀卜隆吶克人的國度待上幾年，以每天晚上一個來計算，他也永遠認識不了所有的女人。可是，不管怎麼算，他就快要離開了，而且只要一想到吶娃拉吶娃，他就可以把這個念頭抹去，忘記這些躺在臥室的孤獨之中的孤獨女人。

「那您能怎麼幫助她們呢？」

「看情況。看她們跟男人的關係而定，從她們跟父親的關係開始，然後是她們長久期待，到頭來又跟她們不和的白馬王子。」

「白馬王子？」

艾克托醫生向尤利克解釋「白馬王子」的意思。他明白這是狄安娜跟她提過的

「對的男人」的另一個同義詞。

「您那天在電視上說的，讓我想了很多。」艾克托醫生說：「確實，當可以交往的男人數目有限的時候，女人是沒辦法對白馬王子有太多夢想的。這其實和所有人或者幾乎所有人都住在鄉下一樣，也和先前整個人類歷史上的情況一樣。可是今天，女人可以一直夢想她們可能會在街角碰到的白馬王子。可是就算眞的遇到了，白馬王子的狀態也不會維持很久。而且，從前已婚的男人也比較難對婚姻不忠實，因爲沒有那麼多自由單身的女人在流動。」

「這和因紐特人現在的狀況一樣。」

「是啊，確實是有點像。」

「可是女人和男人在一起到底是不是比較快樂？」

「啊！我親愛的尤利克，這個問題很難回答。他們快樂和不快樂的方式應該是不一樣的，生活會變得比較少有冒險，比較單調……當然心情也比較少有暴起暴落。呵，對呀，你們因紐特人看起來會不會比我們快樂呢？」

尤利克認眞想著這個問題。這正是他喜歡和艾克托醫生對話的原因：他們的對話會逼他去思考。

「我不知道我們是不是比較快樂，不過我相信我們有一些時刻是比較歡樂的。當我們出去打獵很久，回到村子的時候，所有人都出來迎接我們；當我們在饑荒的時期抓到一頭海象；當春天來的時候，讓人很想做愛；當孩子誕生的時候……」

「噢，這個，至少這種歡樂我們還保留著。」艾克托醫生說：「還能撐多久就不知道了，我們生的孩子越來越少，我們已經變成一個老人社會了……」

「……可是說不定我們也有一些時刻是比較痛苦的。生活在因紐特人的國度是艱苦的。一次疏忽，您就死了。一個不適合打獵的季節，饑荒就來了，很多新生兒都活不下去。」

「確實，這種生活離我們有點遠了。」艾克托醫生說：「我們已經不明白我們的生活有多麼得天獨厚了。女人也是，我不知道她們是否明白，她們的生活跟世界其他地方的女人比起來有多麼得天獨厚。可是如果這樣的結果卻是她們獨自生活，那眞是……」

尤利克很納悶，爲什麼艾克托醫生總是說有單身的女人來找他看診，可是卻沒有單身的男人。

「因爲單身的男人不會來找我，除非他們眞的病得很重。女人知道找我這樣的人吐露心事對她們有幫助。對很多男人來說，正好相反，這是他們不再能自己解決事情的訊號，這是恥辱，對吧？他們只有在眞的撐不下去的時候，或是有個女人對他們施壓要他們去看醫生的時候才會來。」

看到在這麼多的差異之下，喀卜隆吶克男人和因紐特男人還是這麼相似，眞是好玩：對別人吐露心事和抱怨，會讓他們覺得自己不再是百分之百的男人。

還有一個問題也很讓尤利克苦惱，可是他不太敢問。

「您好像還想說什麼，是嗎，尤利克？」

「是啊，其實我心裡在想，那天把您和潔哈汀留下來，會不會是個餿主意。」

艾克托醫生淺淺一笑。

「您別擔心，就某種意義上來說，是個好主意：多虧了您，我失去了某種貞操。總而言之，對一個以瞭解人們爲業的人來說，這是個有趣的經驗。」

「所以一切還滿順利的囉？」

「很好啊，而且她很討人喜歡。您挑得很好，我親愛的尤利克。」

「那您會再去找她嗎？」

艾克托醫生猶豫了一下。

「呃，我想不會了。對您來說，事情是不一樣的。可是對我來說，在這裡，這種事有點像一種挫敗……可是有時候，我心裡會想，我的職業跟她的職業有一些共同之處。」

「是什麼呢？」

「呃，這麼說吧……我和她，我們都是讓我們的顧客付錢，然後替他們提供一個私密的情境……讓他們覺得不會被其他人的目光審判……」

尤利克心想，艾克托醫生經常可以用一種有趣的方式看待事情，讓人覺得他在這個國度裡也有點像是外國人。

「……不過除了這個以外，我們的專長還是很不一樣。」

之後，他們開始談托馬的問題。艾克托醫生覺得他有很大的進步，這個小男孩幾乎已經可以進行正常的對話了。

「對其他人來說，他本來是很怪異的小孩；現在，他變得只是比較特別了。」

「有一天他邀了一個朋友來家裡。」

「這可是破天荒的第一次。好棒啊。不過這又把我帶向另一個問題。」

「另一個問題？」

「是啊，尤利克，我想您對這個家庭來說，已經變得相當重要了。您什麼時候要離開？您跟他們提過嗎？」

尤利克心想，艾克托醫生懂得做出簡單解釋的藝術，也懂得提出困難問題的藝術。

如果他在這裡再多待一會，他會迷失，

回不去因紐特人的國度了。

「您過不久就要離開了？」瑪希．雅莉克絲問道。

這個問題讓他整個人都醒了。在此之前，他還飄浮在半夢半醒的睡意之中，不時還以爲自己在因紐特人的國度，身旁的女性身體是吶娃拉吶娃的身體。

「影片沒拍之前我不能離開。」

這是弗蘿倫絲的大計畫。拍一段關於尤利克的影片，用途是美化石油公司的形象。不過顯然拍一段幾分鐘長的影片需要幾個星期各式各樣的會議和決策，而且這些事他們也沒讓他知道。

「可是之後呢，您就要離開了嗎？」

「我不知道，我得離開嗎？」

「我的意思不是這樣。」瑪希．雅莉克絲說。

她用一隻手肘把身體支起來，靜靜望著他，彷彿她很喜歡這麼做。

「您永遠都是我北方來的小禮物，」她繼續說：「就算您做傻事的時候也是。我也知道一個因紐特人的生活不是在這裡，更別說還有那個可愛的女孩——我們在那段報導您部落的短片裡看到的……」

他從來沒有再提過吶娃拉吶娃，可是顯然瑪希・雅莉克絲什麼都明白了。

「也不是說我們以後就不會再見面了。」瑪希・雅莉克絲說：「我有理由可以去因紐特人的家鄉，畢竟這是我的工作。」

他試著想像這一幕：瑪希・雅莉克絲穿著極地的連身工作服，從一架附著降落滑橇的小飛機走下來，接著走到他們村子的中心。尤利克呢，他則是從他的冰屋走出來迎接她，後頭跟著吶娃拉吶娃。瑪希・雅莉克絲和吶娃拉吶娃握了手，或是像這裡的女人經常做的那樣，親吻彼此的臉頰。所有人一起走回暗暗的、滿是煙霧的冰屋裡。

「怎麼，我去看您似乎讓您不怎麼開心？」

「不是這樣的。」

「是嗎？那是怎樣呢？」

他剛剛意識到，他不是很想再回去生活在冰屋裡了。寒冷、煙霧。再也不能泡熱水澡了——這個奇妙的享受是他到旅館第一天晚上發現的。再也不能和艾克托醫生談話了。再也不會認識新朋友了……害怕開始從他的心底升起。如果他在這裡再多待一會，他會迷失，回不去因紐特人的國度了。可是，另一方面，他在這裡從來不曾覺得完全自在，更何況吶娃拉吶娃的靈永遠進入了他的骨髓裡，這是他一直都知道的。他不想向瑪希・雅莉克絲解釋這一切，他不想讓她憂心。

「我想，如果我走了，您又會孤孤單單一個人。」

「噢，我的小尤利克，您太溫柔了。」

她吻了他。

「可是您也知道，」她繼續說：「我已經習慣了。您還沒來以前我就是一個人，您走了以後，我還是一個人。或許有時候會有點沮喪，不過這並不是一場悲劇。」

最後，他想起艾克托醫生告訴他的：這個城市大部分的女人都是自己一個人生活，儘管她們有時候需要去看看心理醫生，不過她們過得不算太差。可是想到像瑪希·雅莉克絲這麼令人讚歎的女人自己一個人，他覺得是一種冒犯。

「而且，我覺得您已經讓我變年輕了。我發現男人比以前更常看我。」

「包括夏勒嗎？」

「這傢伙，他隨時都可以使出送花這一招……」

「您不會希望他回來嗎？」

「這確實是個不壞的解決方式，尤其是對孩子……」

他們相對無言了一陣子。夏勒回來對這個家庭來說應該是件好事，他也希望這個家庭過得更好，可是另一方面，想到另一個男人可以和瑪希·雅莉克絲做愛，實在讓人難以忍受。

「不過還是有個大問題。」瑪希．雅莉克絲說。

「跟夏勒之間嗎？」

「啊，您每次這樣叫他夏勒我就想笑，我也不知道爲什麼。夏勒，夏勒，一開始我試著叫他夏理，因爲夏勒讓我想到我的祖父。」

「那跟夏理之間的大問題是什麼呢？」

「就是我覺得我們之間有一點厭倦了。」

「厭倦？」

「我已經不愛他了，可能是這樣吧。就算他又變得和以前一樣溫柔，我呢，我也不再愛他了。所以，還不如自己一個人。」

這下子他明白瑪希．雅莉克絲和艾德琳之間有某種共同之處了，這也幾乎是所有喀卜隆吶克女人的共同之處：她們寧可自己一個人，也不要跟她們不愛的男人一起生活。

這確實是因紐特女人沒辦法讓自己享受的一種奢侈，她們需要一個男人來養活整個家。可是喀卜隆吶克女人的這種奢侈有個代價，那就是很多人都得忍受孤獨。

他心想，他是不是離開他的島太久，快要變成像石油基地的翻譯員寬南威薩亞克描述的那種南邊的因紐特人了。起初，首領根本不想接見寬南威薩亞克。對他來說，南方的因紐特人就是一幫無能的傢伙，他們和喀卜隆吶克人勾結，他們已經不知道如何不用獵槍打獵了。

「你們的首領很難搞。」寬南威薩亞克說。

「他是我們的首領。」尤利克這麼回答。

說完這話，他們一言不發地看海看了好久。海冰正在重新結凍。過沒多久，大浮冰就會在那裡，而海豹的狩獵季節又要開始了。

不過，漸漸的，他們彼此慢慢認識了。尤利克很想知道比較南邊的因紐特人是怎麼生活的，他也想知道他們是不是眞的接受了喀卜隆吶克人的生活方式。寬南威薩亞克也很好奇，尤利克的部落怎麼有辦法用自己祖先的方法在這個島上生存。他們的年紀差不多，所以向對方展現自己無知的那一面時，沒有人會覺得不好意思。

「確實，我們的生活方式跟喀卜隆吶克人有點像，」寬南威薩亞克說：「我們的房子有暖爐，裡頭都是他們製造的東西，所以我們不必自己演奏就可以聽音樂，不必點火就可以做菜。我們不再需要打獵來養活自己。那裡有一家喀卜隆吶克人的商店，賣著各式各樣的食物，就像在這裡，在石油基地看到的一樣。如果你想要的話，我可以讓你嚐嚐看。男人們不再靠打獵為生，也不再獵取毛皮——自從一些喀卜隆吶克女人瘋了，說她們不想再要毛皮了。所以，他們無事可做。我們的孩子去學校，學讀書，學寫字，就像你學過的那樣，我也是。」

「可是，他們不再需要打獵了，那他們以後要做什麼？」

「這正是個大問題。他們得學習喀卜隆吶克人的一些專長，可是很少有人能做到。於是，他們懷念起眞正的因紐特人的生活，也就是你在這裡過的生活……可是，他們已經沒辦法像你們這樣生存下去了——我也不行，我不相信我可以。他們無事可做……又有酒可以喝。」

顯然，酒對因紐特人來說是個問題。

「那女人呢？」尤利克又問道。

「她們過得比較好。男人不再打獵，可是女人始終是母親，這對她們來說是不會變的。而且她們也意識到她們比較習慣喀卜隆吶克人發明的工作。在打獵方面，男人一向做得比較好，可是在喀卜隆吶克人的工作上，女人超越了男人。」

回憶起這段談話，尤利克心想，就算是在這裡，喀卜隆吶克男人應該也開始擔心了。

一天早上，他遇到剛走出電梯的夏勒。

「瑪希·雅莉克絲剛走。」他說。

「啊！」夏勒看著手錶，又看了看尤利克，難掩失望的表情。突然，他問他：

「您有時間喝杯咖啡嗎？」

於是他們兩人出現在公寓對面的一家小餐館的露天座。

「嗯，」夏勒說：「您在這裡過得還好嗎？」

他似乎意識到這個問題可能有的弦外之音，而他們兩人同時想到裸身裹在被單裡的瑪希·雅莉克絲，於是更尷尬了。

「不錯啊，」尤利克說：「我受到很熱情的接待。」這下他們又尷尬了，為的是同樣的理由。還好夏勒找出了解決之道。

「托馬好像很喜歡您。」

於是他們聊起托馬和他的進步。後來，他們聊到茱莉葉特，說她的個性很難搞，兩人都有同感。

「她已經變成眞正的女人了。」夏勒這麼說，彷彿這足以解釋她女兒暴躁又難以捉摸的脾氣。

最後，尤利克開始發現夏勒眞是滿討人喜歡的，他染過的頭髮在早晨的陽光下閃現著一種漂亮的紅棕色，還有他喝咖啡的那種憂鬱的方式。就喀卜隆吶克人的標準來說，他的穿著很時尙——他打著一條畫了很多小狗的領帶，袖扣似乎是象牙做的。他很想對夏勒有更多的認識。

「到底，」他問道：「您和瑪希．雅莉克絲爲什麼會離婚？」

他想起艾克托醫生說過，有些問題人們不喜歡別人問起，但是如果是像他這樣的因紐特人提出來，人們通常會接受。

夏勒露出微笑，聳了聳肩，彷彿在嘲笑自己即將說出的話。

「實在是很蠢。」他說。

尤利克想起艾克托醫生說的：夏勒有過一段外遇，爲的是讓自己受到一個比較年輕的女人崇拜，這個女人不是從他年輕的時候就認識的。

「新鮮，覺得自己又變年輕了。」夏勒說。

從這個觀點看來，喀卜隆吶克人也和因紐特人沒有什麼不同。一個沒碰過的女人永遠比一個認識得太清楚的女人更有吸引力。

「我現在會這麼對您說，」夏勒說：「可是當年，當然了，我把這叫做戀愛。」

他們又點了一杯咖啡。尤利克納悶著，現在點一杯白酒來喝，不知道合不合乎禮儀，因爲他看到有些人從早上開始就在吧檯喝白酒了。

「問題是，」夏勒說：「等激情的時期過去之後，我們才會明白親密感不是這樣創造出來的，尤其是跟一個比自己年輕二十歲的人。」

尤利克由此推算出來，夏勒的新歡應該跟他的年紀相當。

「她讓我很厭煩，」夏勒說：「一開始，跟她在一起讓我覺得年輕，現在，剛好相反，我開始覺得自己老了。而且因爲這段戀情，我又對年輕女孩子感興趣了，而這種問題沒那麼容易解決……」

他若有所思，然後接著說：

「其實，在我祖父的年代，我可以有個外遇，可是我的妻子永遠不會要求離婚。」

夏勒似乎忘了艾克托醫生教尤利克的：女人不再接受共享一個男人。他開始明白艾克托醫生關於挫折的理論了：如果男人不再忍受維持忠誠的挫折感，女人不再忍受知道丈夫不忠誠的挫折感，我們就可以明白爲什麼喀卜隆吶克人的婚姻持續的案例越來越少，而因爲女人也可以不忠誠，所以問題又更嚴重了。

夏勒喝了一小口咖啡，然後以比較不討人喜歡的語氣說：

「我不知道爲什麼我要跟您說這些，畢竟您是我妻子的情人。」

「您需要吶喀里可。」尤利克說。

「吶喀里可？」

尤利克解釋了這個字眼的意思給他聽，談話的氣氛變得冷靜了些。

「好，」夏勒說：「換我來問您問題了。您就快要離開了嗎？」

所有人都在擔心他的離去。這是個訊息。

「很快了。」

「『很快』在因紐特語裡是什麼意思？」

「是因紐克，不是因紐特。」

「為什麼？您不是因紐特人嗎？」

「『因紐特』是複數，單數要說『因紐克』。」

每當對話變得有點緊張的時候，這招一向很管用：只要提醒人家「因紐特」的單數是「因紐克」，激動的情緒都會冷卻下來。

「好，」夏勒說：「我也不想跟您太見外，那您對於離開的日子是不是已經有想法了？」

「我來這裡是要代表我的部落。」

「當然，可是要待多久呢？」

「我得等一部片子拍完。而且，我得盡可能設法拿到最多的錢，這是為了我自己，也是爲了我的部落。我要像從一趟長途的狩獵回去一樣，我得展示我的獵物。」

夏勒看起來很有興趣。

「當然了，」他說：「您可不能空手而歸。」

「沒錯。」

「您甚至可以簽一份合約，就算您人不在這裡，錢都可以繼續進來。」

「那就太棒了。」

「噢，我知道了，」夏勒說：「您可以讓我看看他們要您簽的合約嗎？」

有一天，他帶托馬去動物園。

北極熊看起來昏昏欲睡，牠們假裝沒在注意他們，可是尤利克知道，牠們注意到他出現了。

「你殺的那些熊，牠們都跟這些熊一樣大嗎？」

事實是，尤利克殺死的那些北極熊比這裡的更大，可是對一個因紐特獵人來說，吹噓是最大的罪行之一，於是尤利克回答：

「是啊，差不多就是這樣。」

這時候，一隻北極熊張開眼睛，看著尤利克。

「牠在看你耶！」托馬說。

確實，這隻熊的目光緊盯著他的眼睛。吶努克之靈在遠方笑了。接著北極熊又閉上眼睛，把頭靠在岩石上。

「牠看了你耶！牠看了你耶！」

「這裡又不只有我們，」尤利克說：「這很平常。」

「不是，不是，牠盯著你看。牠看的人是你！就好像牠認得你一樣！」

他知道托馬說得沒錯。這是個訊號。或許他返回故鄉的時候到了。

他看見托馬幾乎就在原地興奮得手舞足蹈，他心想，這時候要宣布離開的消息實在很難。

一天早上，弗蘿倫絲終於來找他談石油公司拍攝廣告的事。

「夏勒貞是把您的權益維護得滴水不漏。」她說：「影像的版權還有其他的一切，您會領到一大筆錢，甚至在合約規定的一段時期裡，如果公司營運如預期的話，您還可以繼續領到錢。」

「希望如此囉。」

「您打算怎麼運用這些錢呢？」她問道。

他原本要回答：「所有的錢都跟部落分享。」可是他突然意識到，他的心裡不是這麼想，他想要把一切據爲己有，留給自己、吶娃拉吶娃還有他們未來的孩子。他被這個想法嚇壞了：待在這裡這麼久，他開始像喀卜隆吶克人一樣想事情了。

他們到了片場的時候，一切都就緒了，有一整個團隊負責處理所有的事，監督的則是一個女人，她的專長是：藝術指導。

她穿著一身黑，臉長得滿美的，可是很嚴肅。他心想，她可以在喀卜隆吶克人的故事裡扮演美麗巫婆的角色。

「現在就等馴獸師了。」她說。

「馴獸師？」

「對啊，當然還有他的熊。」

「有一頭熊？」

這件事弗蘿倫絲沒有跟他說清楚：他們要拍他跟一頭北極熊的照片。石油公司認為一個因紐特人加上一頭北極熊，這樣的組合應該沒有人可以抗拒。

「這是不可能的。」他說。

「尤利克，您別擔心，那是一頭馴化的熊。」

「您會害怕嗎？」藝術指導看起來好像很生氣。

他無法向他們解釋，他曾經觸怒過吶努克之靈。如果他又遇到祂，就算是在這裡，還是會有災禍降臨的。

弗蘿倫絲把他帶到一間辦公室裡要說服他。

「聽我說，我向您保證，不會發生任何事的。他是個職業馴獸師，他已經跟他的熊一起拍過其他廣告了……」

她的說詞對這個世界的人來說是很管用，可是尤利克去過的那個世界弗蘿倫絲甚至連看都沒看過。他依然拒絕，也沒說出他的理由，因為他知道，她會覺得這些理由很蠢。

最後，她哀求他，對他說如果他拒絕了，他會害她陷入很艱難的處境。

「總裁一定會很生我的氣。他很可能會大發雷霆，把補助款項全都砍掉！」她幾乎要掉下眼淚了。

「拜託你了，尤利克，別丟下我不管，我會被處罰的……」

突然間，年輕女孩的靈，甚至小女孩的靈似乎又回到她身上了。

她就這樣說服了他。他無法讓一個女人身陷困境而置之不理，而且他也不能放棄他的部落……他要戰鬥，就算對抗吶努克之靈也在所不惜。

「好，牠習慣了，現在，我們可以開始了。」馴獸師說。

馴獸師是個胖男人，他自己看起來就有點像一頭熊了。他站在片場中央，上方都是投射燈，他用一條皮繩牽著北極熊繞片場走了一小圈，現在熊就站在他身邊。那是一頭母熊，看起來心情很平靜，似乎對片場已經不太感興趣了。牠靠著後腳坐下，頭倚在馴獸師的肩上。

馴獸師向尤利克解釋，烏拉是在獸欄裡出生的，所以牠是從小就被馴養的，而且每次到外面表演之前，他都會細心地把牠餵飽。這個男人看起來很幹練，對尤皮克人的南方國度也有點瞭解（尤皮克人是因紐特人的表親，他們居住在阿拉斯加的北邊）。這頭母熊的父母就是從那裡來的。

可是尤利克怕的不是烏拉，他怕的是吶努克大神之靈降臨在牠的身上。這是他第一次沒帶武器卻這麼靠近北極熊，儘管烏拉的體型比他曾經遭遇過的公熊來得小，但這種不自在還是讓他覺得很不舒服。他發現片場裡所有人——包括弗蘿倫絲——沒有人看起來像在擔心，顯然是因爲他們對馴獸師很有信心，而且在他們眼裡，烏拉只是一頭惹人愛憐的動物，就像他們買給小孩的絨毛玩具一樣。

他在心裡默默向吶努克大神祈禱。請原諒我。如果祢要懲罰我，請晚一點，不要讓這些無辜的人遭殃，他們和我們之間的事情完全無關。

他往前走，在烏拉身旁擺起照相的姿勢。攝影師要他露出微笑，可是他花了一點時間才達成這個要求。

馴獸師不時走回鏡頭裡，幫烏拉換姿勢，攝影師則負責給尤利克下指令。尤利克心想，烏拉和他是兩個北方來的生物，正在接受喀卜隆吶克人的指揮，這一刻，他覺得自己和烏拉之間彷彿有某種默契，這時，他終於忘了吶努克之靈。

最後，攝影師想要拍的最後一張照片是烏拉坐著，露出黑色的腳掌。他希望尤利克擺出坐姿，靠在牠身上，熊和人都看著鏡頭。

「我不知道這行不行得通耶。」馴獸師說。

「只要一秒鐘就好，」攝影師說：「有點像他們是同一個家庭出來的，或是童年的玩伴。」

「熊永遠不會是您的玩伴。」馴獸師說。

「這畫面太棒了。」弗蘿倫絲說。

「那我得留在離牠很近的地方。」馴獸師說。

「沒問題，」攝影師說：「反正我們會把背景修掉。」

「我得承認，這個演出會讓補助的預算提高。」弗蘿倫絲說。

沒有人問他的意見。大家都要他坐在一頭北極熊的兩隻腳掌之間，卻沒有人問他的意見。

終於，他們搞定了，馴獸師讓烏拉坐了下來，把牠的大屁股放在地上，把後腳打開，像個小嬰兒似的，看起來更溫馴了。

「您可以過去了。」他對尤利克說。

尤利克看著烏拉，他看見牠也在看他。他花了一秒鐘的時間判斷這目光是否友善，他想了如果被烏拉拒絕，會有什麼事發生在這群人的身上，也想了這對他的鬥志有什麼影響。來吧，他心想，如果你想殺我，不必再等，我現在就在你的手掌心。

於是他也坐了下來，背靠著烏拉的胸口，他感覺自己背後像有一堵熱呼呼的牆壁，牆上覆滿毛皮。他聽到照相機的快門喀嚓喀嚓響個不停，他看見所有人的臉都望著他們，流露出讚歎的神情，像是孩子看到了禮物。一頭北極熊和一個因紐特人，沒有人可以抗拒這樣的組合。

「ＯＫ，」攝影師說：「謝謝。」

這時烏拉靜靜癱在他的身上，他們在地上動也不動，四肢交纏，烏拉發出一聲低沉的歡樂叫聲，他覺得自己被帶回了家鄉。他聽到馴獸師粗嘎的命令，烏拉又動了起來。

後來，所有人一起去喝咖啡，烏拉的馴獸師走到尤利克的身邊。

「牠從來沒做過這種事，」他說：「從來沒有。」

這時尤利克感覺到了，其實他剛才很害怕。

他開始覺得悲傷了。離開對他來說就像一座冰山的山頂，他太晚看見，來不及回頭，只能硬生生地撞上去。

他覺得瑪希·雅莉克絲也在想這件事。她避免談到這個主題，可是有時她的靜默讓一切盡在不言中。他知道她會接受讓他留下來更久，而石油公司也會無限期地補助他的住宿和生活費，因爲他們想拉攏這個表達如此流利，又變得這麼受歡迎的因紐特人，他們不能讓他變成敵人。他甚至可以和瑪希·雅莉克絲一起去旅行，和她一起去探索歐洲。有時，這個想法讓他感到暈眩。

可是他感覺到，這樣的出神狀態只會持續一下，而每在這裡多留一天，就會讓他的歸鄉變得更加困難。吶娃拉吶娃的靈一直沒有離開他。「吶娃拉吶娃，妳在我的血液裡游泳，妳在我的骨頭裡睡著。」他心裡想著。同時，放棄瑪希·雅莉克絲的念頭也令他苦惱，尤其在早上吃早餐的時候，他看見她在廚房裡，在孩子身邊忙進忙出，他就覺得自己也屬於這個家庭。畢竟，現在他可以把茱莉葉特逗笑了。經常，當她在房間裡跟女同學聊天的時候，她還會叫他過去，把大家介紹給他認識。他一向避免在那裡停留太久，因爲這些年輕女孩都有一點太讓人神魂顚倒了，肚臍露出來，小屁股在緊繃的褲子裡也那麼明顯可見，還有她們對他微笑時一副很開心的樣子。如果這是上電視產生的效應，那他就明白爲什麼有這麼多男人想上電視露臉了。

有一天，他還是忍不住問了她們，有沒有誰是已經跟一個男孩子訂了婚約的。她們全都笑瘋了，這讓他有點不舒服。於是茱莉葉特說話了。

「你別管她們，尤利克，她們都很白痴。」

「才不是呢，我不相信。」

「好啦，在這裡，這種問題有一點……怪怪的。」

「跟一個男人訂婚！」一個小個子的褐髮女孩大叫了一聲，接著又噗嗤笑了出來。

最後，她們終於冷靜下來，一邊向他道歉，一邊向他解釋，她們並不是在嘲笑他。（這種事他早就明白了，特別強調反而讓他有點火大：難道她們以爲他是白痴？）她們告訴他，在這裡，女人是不會先定下來的，她們會選擇。他很想告訴她們，在因紐特人的國度，我們是沒得選的，因爲在同輩人當中，永遠沒有很多可以當伴侶的對象，後來，他心想，說這些是沒用的。不過，他還是問了她們，有沒有打算很快就結婚。

「噢，才不要呢，我結婚之前還想自己多過一陣子。」

「我想先把書讀完。」

「除非我遇到對的男人。」

「可是之後呢，當然囉，我們會結婚的。」

所以，她們希望有什麼樣的丈夫？

她們思索著。最後，答案似乎跟他在電視節目「眞愛，相遇」裡看到的那些女人想要的一樣：一個強壯的男生，可是要善體人意。不可以把男人的工作擺在女人的工作前面。要喜歡照顧小嬰兒。人要長得帥，要聰明，還要有毅力。關於最後這幾點，他心想她們是不是都找得到？因爲同時擁有這些特質的男人不是很多，就算在因紐特人裡頭也一樣！這次談話之後，他比較瞭解爲什麼這裡的女人會晚婚，也明白她們爲什麼要自己一個人生活了。

「容我冒昧說上一句，
我在此處感受到遠離塵囂的愛：
它讓它的情人舒服自在，毫不尷尬，
這是純粹的上天餽贈，來自腳步之下。
孤獨，我在其中找到一種秘密的溫柔。」

〈一個莫果人的夢〉，《拉封丹寓言故事》

瑪希．雅莉克絲似乎比他更能接受他即將離開的事實，這令他感到驚訝。

「您知道的，」有一天她面帶微笑對他說：「我們這些喀卜隆吶克女人很習慣一個人生活，而且我們有這麼多事要做，有時候可以自己一個人休息一下也挺不錯的。」

他懂。他在那份大型的女性雜誌裡看過，在這裡，女人不僅跟男人的工作一樣多，而且她們還跟因紐特女人一樣照顧家庭和孩子。她們或許變得有點瘋狂，不過她們都是了不起的工作者，也不能叫她們不要工作。

瑪希．雅莉克絲繼續說了下去：「而且我相信，我們用孤獨烹調出來的是一道好菜，倒是男人比較不能忍受孤獨。我們在孤獨之中也找到某種平靜。」

「孤獨，我在其中找到一種秘密的溫柔……」

「這是什麼？」

「〈一個莫果人的夢〉，是《拉封丹寓言》故事的其中一則。」

「眞是不可思議，您連這些沒有人知道的故事都知道。這則寓言到底還說了些什麼？」

「容我冒昧說上一句，
我在此處感受到遠離塵囂的愛：
它讓它的情人舒服自在，毫不尷尬，
這是純粹的上天餽贈，來自腳步之下。
孤獨，我在其中找到一種秘密的溫柔。」
「噢，我的尤利克，你太厲害了。」
她吻了他。這是第一次，她用「你」稱呼他。

他和夏勒喝了好幾次咖啡。爲了感謝他替他和他的族人簽下這麼有利的合約，他帶了一塊還沒雕過的獨角鯨的長牙來給他。夏勒立刻就明白了他的用意。

「我可以讓人把它切成袖扣！」
「或是給女人當首飾。」
「啊，要給哪個女人？這可是個問題。」

有一天，他剛回到瑪希．雅莉克絲的公寓時，他聽到客廳傳來談話的聲音，是夏勒又來找瑪希．雅莉克絲了，不過這次他們好像沒有吵架。他走進來的時候，他們的對話就中斷了，不過他剛好聽見瑪希．雅莉克絲說：「不是這樣就可以決定的。」

一天早上，尤利克和烏拉的照片出現在城裡所有的牆面上，出現在雜誌上，報紙上，甚至在電視上，因爲他們也拍了一部記錄照片拍攝過程的影片，影片上看得到他們正在一起擺姿勢拍照，還有一些尤利克在笑的畫面（這些畫面是到後來緊張的情況都解除之後才拍的），還有烏拉用腳掌推著一顆小球的畫面。一句廣告詞不斷出現：「當我們爲您思考時，我們也想著尤利克和烏拉。」

瑪希．雅莉克絲解釋給他聽，很久以前有另一家競爭對手的石油公司也做過同類型的宣傳，廣告上是一頭看起來很友善的老虎，不過那時廣告的作用只是要叫人去這家公司的加油站加油。

「這次，他們要做的更多了，這是他們所謂的『形象廣告』，要把他們的形象擦亮一點。」

「他們的形象不好嗎？」

她告訴他關於原油外洩的事，在阿拉斯加、南美洲、非洲發生的事，還有臭氧層的破洞。地球暖化了，因爲我們用了太多石油。

於是他想起族裡的老人說的，伊格魯里克的冰山一年年變小了，到了冬天，大浮冰也沒以前那麼遼闊了。他很驚訝，他家鄉的這些改變竟然和成千上萬像瑪希·雅莉克絲這樣的人開車去上班有關係。可是他很相信瑪希·雅莉克絲說的。

雖然臭氧層破了洞，但是從廣告播出的那個星期開始，他還是只能以計程車或瑪希·雅莉克絲的車子代步，不然這麼多的簽名會他根本去不了。他要人家讓他在旅館下車，石油公司一直幫他保留著那裡的房間，茶几上的花也依然每天都有人來換上新的。這有點像在他的家鄉，除了村子裡的冰屋之外，我們還有個打獵時住的棚子。

當然，他又把嘉桑特找來了。

「你變得好有名了，獨一無二的因紐特人。」她對他說。

接下來就是愉悅的時刻了。他們兩人都穿著浴袍，享用尤利克透過客房服務點來的大餐——今天是蘆筍、龍蝦、草莓。他看見她在微笑，彷彿腦子裡閃過什麼念頭。

「妳在笑什麼?」

「我在想，這應該是我的宿命。」

「妳的宿命?」

「對啊，每次都跟一些名人上床。」

跟她在一起的感覺和跟瑪希·雅莉克絲在一起的時候不一樣。他們的年紀相彷，他覺得跟嘉桑特在一起的時候比較自由，他比較不怕自己顯得笨拙或無知，儘管瑪希·雅莉克絲對他展現出無盡的寬容。而且，雖然嘉桑特比較年輕，她的人生和性愛經驗卻延伸到瑪希·雅莉克絲從來不曾探索的領域。他心想，瑪希·雅莉克絲不知道會不會懷疑他偷偷跟嘉桑特見面，她什麼也沒問。他打電話跟嘉桑特相約的時候，心裡會有罪惡感，可是嘉桑特一出現，這種感覺就完全消失了，等他回到公寓，瑪希·雅莉克絲面帶微笑問他今天過得如何，這種忐忑不安的感覺就回來了。他說他去逛了一間博物館。他確實是去了，不過之後的活動他就略過了。

是的，他的心裡有罪惡感。可是對他來說，和嘉桑特在一起的那種融洽一點也不像愛情啊。他在瑪希·雅莉克絲身上感覺到的，才是他稱之爲愛情的東西。可是喀卜隆吶克女人就跟因紐特女人一樣，她們都無法接受這種論調，就像他也難以忍受夏勒在他不在公寓的時候去跟瑪希·雅莉克絲在一起，就算他沒有任何可以反對的理由。

可是他開始覺得自己同情起夏勒了：在這種城市裡，一個男人怎麼可能永遠維持忠誠？每天都會遇到這麼多新的女人，還可以在成千上萬的房間裡和這些女人密會。這種事在因紐特人的國度裡根本無從想像。他想起自己和譚布雷站長一起讀的那些書，想起克列芙公主對抗誘惑，不接受內穆爾公爵追求的故事：方法很簡單，她避免和他面對面相會。就像在因紐特人的國度，兩個人面對面相會的時候，根本不可能不被其他人看見。「大浮冰上只有美德。」他心裡這麼想。

弗蘿倫絲和瑪希·雅莉克絲幫他拆信，大部分的信都是很年輕的女孩子或是小男孩寫來的。他們把他和烏拉的照片寄給他，附上簽名題贈的要求，他則是每天早上花兩個小時回信。可是其他的信就比較嚇人，或者比較感人了。

有些人寫了幾頁的信紙，把他們的生活說給他聽。有些女人（爲數眾多）想跟他約會。有些小孩把他們畫他和烏拉的圖寄給他，或是要求他帶他們一起去愛斯基摩人和北極熊的國度。還有很多封信來自各個年齡層、各行各業的人，他們感謝他的存在，他們只是單純地寫信告訴他，看見他在烏拉的身邊讓他們覺得很快樂。弗蘿倫絲還告訴他，有很多觀眾打電話去電視臺詢問他們的廣告片在什麼時段播出。

也有一些信是比較怪異或是比較有攻擊性的。一開始，弗蘿倫絲並不想讓他看，不過瑪希·雅莉克絲堅持要讓他看。

您關於女人的發言此刻應該受到神學士和其他大鬍子的穆斯林戰士大大的景仰吧。您用您可愛的臉蛋把每個世代的女人都要面對的那種大男人的陳腔濫調塞給我們。

您把您賣給世界石油公會了，您是您族人的恥辱，請容我以人類的立場這麼說。您是石油滴在烏拉的毛皮上的一塊油漬。

我們受夠了愛斯基摩人、印第安人還有侏儒了。我們受夠了善良的野蠻人了！把你所謂的智慧都收起來吧，把它帶回去它不該走出來的地方，帶回去冰上的洞裡頭吧。

我認出您是我失散多年的兒子。在您說話的時候，您還傳遞了一個訊息給我。現在，菲利普，回來吧，你不該丟下你媽。

親愛的先生，因爲您，我終於在電視上聽到一些合情合理的話了。我們的國家眞是病得太重了，竟然需要一個因紐特人的代表來提醒我們一些關於男人和女人的基本眞理。

尤利克和烏拉，我才懶得理他們，尤其是他們在那裡就是來賺錢的。教烏拉騎腳踏車吧，至少不會造成污染。

因紐特女人的性愛非常自由，這是眞的嗎？我退休兩年了，我把時間都用在探索其他的文化，我很想知道是不是有可能去您的家鄉那裡旅遊。您知道有哪些旅行社規劃這種行程嗎？如果有的話，哪一家最值得信賴？

幹得好，尤利克，您把釘子釘在這些臭婊子身上了。也該是時候讓她們冷靜冷靜了。我以所有眞正的男子漢之名，我要向您說，耶，耶，耶，萬歲！

您的演說會讓那些依然把女人當成高級山羊的國家作爲脫罪之詞。如果您到處多走一走，您就會看到世界上有很多地方都是如此。所以，放下您善良野蠻人的身分，從教科文組織的蠶繭走出來吧。愛斯基摩「麻球」[8]先生，我們不會爲您喝采。

有些信讓他發笑，有些他看不懂，還需要瑪希·雅莉克絲爲他解釋。不過有兩

8 「麻球」：西班牙文「macho」的音譯，意指大男人。

種信讓他眞的很憂慮：指控他把自己賣給石油公司的那些信，更讓他擔心的則是指控他是喀卜隆吶克女人之敵的那些信。

該去找艾克托醫生聊一聊了。

比起前一次相約見面時，艾克托醫生看起來精神好多了。他似乎已經從他跟那個女人那通痛苦的電話之中恢復過來了，會不會他已經成功地讓她回來了？

他專心讀著尤利克帶來的信件。

「嗯，」他終於說話了：「別擔心。您說的話會惹火一些女人，這是正常的。」

「可是爲什麼呢？我不想惹任何人不高興啊。」

「沒辦法，您被捲入了一場戰鬥，可是您卻不知道。」

尤利克總是非常小心地避免無謂的戰鬥，就算是他一定會贏的也一樣，因爲如果你一輩子都待在同一個部落，你就不能讓自己在身邊引起太多怨恨。想到他可能無心捲入一場與成千上萬的陌生女人進行的戰鬥，他就覺得很可怕。

「您看最後這封信，提到高級山羊的這封，信裡有一件事說得滿對的，她說世界上還有很多地方，女人在那裡被當作高級山羊。」

「可是不是在因紐特人那裡吧？」

「不是，當然不是。可是幾乎在世界上的其他地方都有這樣的事。」

於是艾克托醫生解釋給尤利克聽，什麼是強迫的婚姻、割除陰蒂、禁止女孩子讀書或單獨出門，還有爲了維持家族名聲而殺害失貞或行爲不檢點的女性。

「可是我從來沒提過這些人啊！」

「是沒有，可是這有點像在一場戰爭之中，大家都張牙舞爪的，這是一種反射動作：『如果您不是跟我們同一邊的，您就是反對我們。』您說男人和女人或許不是生來就扮演完全相同的角色，還說男女生來就不同，從這一刻起，很快就會有人指控您想要回到把女人當成高級山羊的那個時期了。」

尤利克的心裡再次油然升起一股歸鄉的欲望：這個世界對他來說實在太複雜了。

「那他們叫我『麻球』，這又是什麼意思？」

「怎麼跟您解釋呢？『麻球』的意思就是……」

艾克托醫生猶豫著。

「……一個女人會喜歡的男人嗎？」他終於說了下去，然後自己笑了起來。

接著，他認眞解釋了「麻球」的意思。這個詞是從西班牙來的，這個國家尤利克並不認識，不過聽了艾克托醫生的描述，他覺得自己好像滿「麻球」的。

「好吧，『麻球』已經不吃香了，」艾克托醫生做了結論：「現在，她們要您聽她們說話，同情她們在辦公室的問題，要溫柔，要留意她們的需求，尊重她們的決定，隨時準備犧牲您的決定作爲妥協，要分擔家務，她們擔心的時候，還要討論一下你們的關係。她們也希望您告訴她們您心裡想的，不管您想不想說。這就是她們希望的！或者，總之，這就是她們要求的！因爲跟女人在一起，事情永遠不會是一樣的……」

他說的時候好像有一點發火，尤利克心想，他應該是想到某一個他認識的女人吧，因爲不可能所有喀卜隆吶克女人都瘋到這種程度。

「而最棒的是，」艾克托醫生說：「最棒的是如果您照單全收的話，她們最後會把您甩了！更別提在此之前，你們的性生活會變得很糟……」

這番話讓尤利克想起了一些事，他告訴艾克托醫生，弗蘿倫絲在做愛的時候，如何要求他虐待她。

「太棒了，」艾克托醫生說：「她一整天都在指揮男人，可是心裡卻隱藏著因爲感覺不到自己被支配而產生的挫折……那麼，她會找誰來解決這個問題呢？一個眞正的像您一樣的『痲球』，可是請注意，這得要在她想要的時刻和地點。您看著吧，如果你們定下來了，她就會立刻開始想把您變成奴隸。」

「我不會讓她這麼做的！」

「噢，您不知道她們擁有什麼武器！」艾克托醫生說：「現在的喀卜隆吶克女人可以同時以淚水軟化您，向您展示她們的軟弱，說她們需要安慰，就像現在的因紐特女人和過去的喀卜隆吶克女人一樣，然後又立刻像個男人一樣，試圖說服您，支配您。」

這些解釋讓尤利克想起弗蘿倫絲爲了說服他跟烏拉拍照時用的雙重手段。

「她們玩的是兩面手法。」艾克托醫生的結論是：「如果這樣她們會快樂的話也就算了，可是沒有，我明天還有十四個要看。」他一邊說著，一邊看著他的行事曆。「其中有三分之二是單身的。」

「沒有一些女人是眞正溫柔的嗎？」

「她們很溫柔，在內心深處，可是她們變得比以前冷酷。問題在於從她們的角度看來，男人變得沒什麼責任感，就像我們前幾天說的那樣。不過我也看到不少溫柔的女孩子被人甩掉，有時候都已經有小孩了，只因爲男人找到另一個更讓他興奮的……或是女人無法忍受他們有婚外情。」

「那單身的男人呢，他們當中有沒有一些其實是很溫柔的呢？」

他想起艾克托醫生的好朋友愛德華，雖然他很討人喜歡，但是「溫柔」似乎並不是最適合他的形容詞。

「沒錯，我也有些單身男性的患者，可是就像我跟您說過的，他們只有在非常糟的情況下才會來求診。他們的情況跟女人不一樣。維持單身的男人經常是太害羞的傢伙，或是社會條件比較差一點的……」

尤利克想起馬歇爾。在這裡，跟因紐特人的國度相反，瞭解獵物的習性並且以此爲業，似乎並不是一項很受重視的專長。

「……因爲對男人來說，發生在他們身上的事情剛好相反：一個女人的學歷越高，她就越有可能維持單身，而且沒有小孩；對男人來說，恰好相反……結果，一個漂亮的秘書總是比一個有MBA學位又比較挑剔、又讓不少男人卻步的女孩子容易找到對象結婚，而且通常是跟社會地位比較高的男人。這種事跟雄性的性衝動很有關係……」

尤利克一下子聽了太多很難立刻消化，而且，他爲什麼要理解這個不屬於他的世界？就算永遠沒有熱水澡可泡，他也快要回到因紐特人的國度了。

這時有人摁了診所門口的電鈴，他嚇了一跳，因爲艾克托醫生要他在最後一個約診的時間之後過來，不過艾克托醫生倒是沒有露出驚訝的神情，他立刻起身去開門，像是早知道門鈴會響似的。

尤利克待在書房裡，不太知道他到底該離開還是繼續坐在那裡。他聽到艾克托醫生迎接這位夜間訪客的聲音，艾克托醫生讓她走進候診室的時候，他認出那是潔哈汀的聲音。艾克托醫生走回書房時，尤利克看到他臉上有尷尬的神情。

「嗯……我該走了。」

「沒問題。」

「我不希望您會覺得……」

尤利克想起艾克托醫生說過男人爲什麼會去找像嘉桑特或潔哈汀這種女人：他認爲這就像是一種挫敗，總而言之，對他來說是這樣的。可是尤利克也想起嘉桑特說過男人來她這裡想找的是什麼。他想要讓艾克托醫生安心。

「您別擔心，醫生，有時候人得要休息一下才能再出發。」

艾克托醫生露出一抹悲傷的微笑。

「這種話是我對我的患者說的——當他們眞的跌到了最深的谷底的時候。」

魁北克，狼河

親愛的尤利克：

這封信會讓您吃驚，因爲您不認識我，可是我卻在讀了報紙上刊登您的故事和看了您和溫柔的烏拉拍的廣告片中認出了您。

我是您童年時期結識的那位譚布雷站長的妹妹，當時他工作的氣象站就設在您的村子附近。

回國之後，我的哥哥經常提起您，提到您每天都到氣象站找他，還説他常講《拉封丹寓言》的故事給您聽，他用這種方式教您説我們的語言，他還提到您對我們的世界的一切都感到很好奇。

他一直很喜歡您，相信您對他也有同樣的感情。我經常感覺到他爲您的事情感到苦惱不安。

他很自責沒有把您一起帶回來，因爲他知道您是個孤兒，生活會很艱辛。不過他又想到，您在這裡一定不會快樂，因為他知道一些被人從你們的村子帶走的因紐特小孩的故事。我試著安慰他說，如果您還是個孩子都知道來找他和他的部屬求援了，面對其他考驗的時候，您一定也可以順利長大。所以當我在報上發現您的故事，看到您長成一個這麼美好的年輕人，我實在太開心了。

我的哥哥，很不幸地，已經不在人世了。十年前，他在一次任務中消失了，官方沒有向我透露任何眞相。不過我獲得授權，可以告訴您，您童年時期的氣象站其實是北約組織的一座秘密雷達基地，為的是監測蘇聯潛水艇的動向。

我很猶豫要不要給您寫信，我不知道自己是否有資格向您宣告一個對您來說如此重要的人的死訊。

可是我是信徒，我心想，不論我的哥哥身在何處，現在知道您過得很幸福，他應該會安心了。

我也以他的名義向您致上我深切的感情。

他經常喝酒喝得越來越多。這樣的改變是從旅館開始的。每次他找嘉桑特來，他就會讓服務生送一瓶白葡萄酒來佐餐，通常是松塞爾的葡萄酒。漸漸地，在上甜點之前，他越來越常點第二瓶了，而嘉桑特從來不會喝超過一杯或兩杯。

「獨一無二的因紐特人，我想你酒喝太多了。」有一天她這麼說了。她說得沒錯，可是她說這種話讓他有點惱火。一個因紐特女人應該會用婉轉得多的方式來表達：「眞奇怪，以前我們喝一瓶就夠了，現在我們得喝到兩瓶。」

「噢，我怎麼讓我的因紐特人不開心了。」過了一會她才發現他一臉不高興的樣子。

可是要平息他的壞心情已經來不及了。突然間，他希望她離開，而不是依照慣例在用完餐之後再纏綿一次。由於嘉桑特在這方面特別敏感，結果是她開口說她該走了。

「妳有新的客人啦？」他問道。

她背過身子把頭髮挽起來，這是他很喜歡的一個動作，他看到她中斷了幾分之一秒。除了前兩次以外，他們從來沒提過她的職業。她轉過身來，他看見她的眼裡出現艾德琳在電視臺聽到矮個子男人做出傷人的評論時的眼神。

「我應該更早就走的。」她說。

一個人待在房裡，他開始責怪自己。他到底怎麼了？

現在，他對自己感到憤怒，他點了第三瓶酒，看著電視上的「真愛，相遇」把酒喝完。他覺得好過一些了。

他決定走路回瑪希・雅莉克絲的公寓——散步一下會讓他覺得比較舒服。這種時候，旅館這一帶不是很熱鬧，他走了十分鐘都沒被路人注意到。

突然，一陣可怕的聲音嚇了他一跳，叫囂聲、口哨聲。他轉過身來，看到後頭來了三個年輕的喀卜隆吶克人，身上穿著藍色的衣服，手裡拿著國旗亂吼著：「我們贏了！我們贏了！」一臉興奮至極的神色。他們看起來彷彿從戰場歸來，可是他知道，喀卜隆吶克人的世界已經很久都沒有戰爭了。他們的吵鬧和躁動，這一切都讓他受不了。

「嘿，這可不是那個愛斯基摩人嗎？」

「噢，愛斯基摩人，噢！」

這會兒他們把他圍了起來，繼續叫囂。

「我們和愛斯基摩人！」

其中一人抓著他的胳膊，他們想拖著他一起走。他用很乾脆的一個動作把他們甩開了。

「噢，愛斯基摩人，你很不夠意思耶！」

「噢，噢，愛斯基摩人，跟我們一起唱歌嘛！」

「我們贏了！我們贏了！」

眞是讓人無法忍受。他們對他大聲說話，而且距離很近。他用力往前，從他們中間把他們推開。

「哈，我在作夢吧！」

「沒有，你沒在作夢，這傢伙推了我們！」

他們又抓住他了，其中一人再次抓住他的胳膊。這眞是他從沒遇過的事，太沒禮貌了！不可以對一個驕傲的因紐特人無禮。他動手了。

這裡滿街都是高級珠寶店，警察一下就來了，接著來的是消防隊的救護車。

他坐在警察的廂型車後面，他聽到說話的聲音像穿過一陣霧氣傳來，因爲儘管他算是打贏了——最後只有他一個人還站著——他也挨了幾下非常暴力的攻擊。

「媽的，這些越南人，他們平常不會這樣的。」

「這傢伙看起來有點茫，越南人酒量都不好。」

「總之，他一定不喜歡足球。」

「他們應該是把他惹毛了。」

「你住哪裡？」

他們對他說話了。

「麗池大飯店。」他說。

他看到他們交換了一下眼神。後來他們在他身上找到他的努納武特[9]的護照，從這一刻起，他們開始用「您」稱呼他。

過了一會，他在一間又小又髒、被鐵絲網封住的小房間裡醒來，身邊是一個喀卜隆吶克老人，身上都是嘔吐物的味道，一臉開心地望著尤利克。

「你，你是苗族！」他說。

「苗族？」

這會不會像「痲球」一樣，又是大男人的另一個同義字？

「啊，明江，黃樹皮縣，我們去過那裡！」喀卜隆吶克老人繼續說：「啊，你們這些該死的戰士……」

9　努納武特（Nunavut）：加拿大原住民自治獨立行政區，居民有百分之八十五是因紐特人。

以他此刻的狀況，在他們所處的地方，他似乎非常高興可以遇到尤利克。

他用沙啞的嗓音唱了起來：[10]

你在寮國戰鬥，你在安南作戰

你的戰爭也在伊斯蘭的土地上凶猛地展開

死亡看見你在三角洲的稻田上躍起……

尤利克用手摸了摸臉，他想起他被帶到一家醫院的急診處，他感覺到指尖碰觸到傷口的縫線。他頭痛欲裂，那個喀卜隆吶克老人還是扯著嗓子唱個不停：

……騎士的靈魂，依然存在你們身上

奧雷亞加不遠了，我聽見號角響起了！[11]

包覆著鐵絲網的門打開了，瑪希．雅莉克絲在一個警官的陪伴下出現了。

「我可憐的尤利克。」她說。

10 安南（Annam）：此處指「安南保護國」，法國於一八八三年至一九四五年於法屬印度支那邦聯（今越南中部）建立的殖民地。

11 老人唱的是一首法文軍歌。「奧雷亞加」是西班牙北部鄰接法國邊境的一個小鎮。

她向他伸出雙臂，像是找回了一個走失的孩子。這一刻，他不再覺得自己是個驕傲的因紐特人了。

「我想我的身體知道你快要離開了，」她終於說了：

「所以，它開始準備了。」

「瑪希·雅莉克絲……」

他把她擁在懷裡，他再一次感覺到淚水流在她的臉上，

也流在他的臉上。

他和瑪希．雅莉克絲越來越少交談了，他們做愛的次數也比以前少很多。

他越來越覺得自己屬於這個家庭，可是同時卻感覺到他們對彼此的性愛衝動減少了。他決定像在早上播出的連續劇裡經常看到人家做的那樣，他要跟她好好談一談。連續劇裡的男男女女好像從來沒走出過他們的客廳，卻不斷地試圖用性愛來解決他們的問題（雖然我們在電視上從來看不到他們在做愛），而且還不斷對他們的關係提出質疑。有人跟他說過，這種連續劇的觀眾大部分是女人，或許他可以藉此瞭解她們對生活有什麼期待：連續劇裡看到的男人都很帥，他們的話很多，而且展現出既溫柔又堅定的特質。

「瑪希．雅莉克絲，我們不像以前那麼常做愛了。」

他們在廚房裡，瑪希．雅莉克絲正在打美乃滋，這是托馬最喜歡拿來塗烤麵包的東西。

「我不知道我有沒有興趣聊這個話題耶。」她說。

「瑪希．雅莉克絲，我想知道我們之間怎麼了，我們到底發生了什麼事？」

她看著他，然後說：

「你電視看太多了。」

很顯然的，她們總是用某件事情責怪他！酒喝太多了，電視看太多了。喀卜隆吶克女人在裝扮方面很細緻，但是她們直接批評男人的方式實在太粗糙了。

她發現自己惹得尤利克不高興了，她改口的速度比嘉桑特還快。

「尤利克，對不起啦。」

她湊到他身邊，輕撫他的臉頰，可是她的目光一下就移開了：

「哎呀，我的美乃滋快要毀了！」

她蹦一下又回到她的工作上。她們總是很認真，這個部分很難改變。不過，會不會全世界的女人都是這樣？

後來，孩子都出門了，他們倆回到了床上，這一次，是她主動的。現在就是他們僅有的交談時刻了——在做完愛之後。

「我的北方來的小禮物不開心嗎？」

「從剛剛開始，好一點了。」他微笑著說。

她假裝打他一拳。

「男人都一樣！你們滿腦子想的都是這個。」

「又不是只有我們想。」

「才不是呢，這種事有很大的不同。我們是週期性的，你們是一天到晚都在想。」

「那現在，妳覺得妳是在什麼週期？」

有好幾秒鐘她什麼話也沒說。

「我想我的身體知道你快要離開了，」她終於說了：「所以，它開始準備了。」

「瑪希・雅莉克絲……」

他把她擁在懷裡，他再一次感覺到淚水流在她的臉上，也流在他的臉上。

親愛的尤利克：

或許您還記得我：我是艾德琳，我們一起上過那個電視節目。您曾經試著要保護我，而我事後才明白，我在攝影棚表現出一副不領情的樣子實在是不對。

我和一些朋友都很想和您見面聊聊，我們想，或許您會對我們的看法感興趣，我們也很想聽聽您的看法。

如果您願意和我們碰面，請打這個電話給我……

現在，他和十來個年輕的喀卜隆吶克女人還有一個看起來很溫柔的男孩子圍坐在一張大桌子的四周。瑪希．雅莉克絲沒有陪他來，因爲現在他覺得自己一個人就應付得來，他還滿自在的。計程車開了很久，他看見城市的景致改變了，街上的人不再全都是喀卜隆吶克人，穿得也沒有瑪希．雅莉克絲住的那一區的居民那麼講究。他們聚會的公寓在一棟建築物最上面幾層的其中一層，他看了窗外一眼，窗外的景色把他嚇壞了：一棟棟高樓大廈、一家家冒著煙的工廠和望不到盡頭的高速道路。

「尤利克，」艾德琳起了頭：「我們想跟您解釋一下我們的看法。不過，我想您也知道，我們沒有任何反對您的意思。」

「相反的，」亞列克斯這個蓄著小鬍子的喀卜隆吶克年輕人說：「我們很尊敬您，也很欽佩您……」

「欽佩？」

這些人看起來很討人喜歡，不過他不明白，他們怎麼會欽佩他：他們從來沒看過他打獵，也沒看過他打鬥。

「是的，因爲您屬於極少數沒有因爲生活而摧毀土地的人。」

這倒是眞的，只要像他剛才那樣往窗外看一眼，就會立刻明白這種事不會發生在喀卜隆吶克人的文明裡。

「所以，您被這家石油公司操縱的這種事很讓人難過。」另一個女孩子這麼說。他剛才聽到他們叫她薩蜜拉，他立刻留意到：她很漂亮，褐色的頭髮，杏仁眼，長長的鼻梁，身材高䠷，不過穿著一點也不講究，簡直就像個男人。

「薩蜜拉，妳不是開始要控訴尤利克吧！這裡又不是人民法庭。」

「我沒有，」薩蜜拉說：「可是總得有人跟他談這個問題啊！」

「主題，是我們，是女人。」艾德琳說：「尤利克還會上電視或接受報社的採訪，我們得讓他聽聽我們的看法。」

「確實是這樣。」凱特琳說。

凱特琳是個微胖的金髮女人，臉圓圓的，儘管有一雙總是看起來像受了驚嚇的淺色眼珠，她還是會讓他想起某些因紐特女人。她似乎跟薩蜜拉很要好，聽她說話的時候一臉欽佩的表情，幾乎不敢出聲。她似乎鼓足了勇氣才說出：「確實是這樣」。

「好，該妳說了，瑪蒂德。」艾德琳說。

瑪蒂德是個紅髮的小女人，身形非常瘦小，頭髮剪得短短的：簡直可以說她身上有個男人的靈，或者該說是個驕傲的小男孩的靈。不過她說話的聲音很有自信，還有一點沙啞。

「我們的看法，就是所有兩性之間的關係長久以來就是以施加在女人身上的暴力爲基礎。幾千年來她們成功地適應了，她們順從，她們學會說謊，這一切都是爲了不要被殺害，不要被拋棄。而且，事情的狀況在世界上很多地方依然如此。不過今天，女人得到了眞正解放的機會，當然不能錯過。」

「妳得說得更具體一點。」艾德琳說。

「那妳來說啊。」瑪蒂德一副被惹火的樣子。

「不，不，妳繼續，我只是提醒一下而已。」

「我不喜歡有人打斷我！」瑪蒂德說。

「好啦，」亞列克斯說：「我們不要在尤利克面前吵起來吧。」

尤利克突然有一種很怪異的感覺：圍坐在這張桌子邊上的人們當中，是女人在吵架，而男人在調解衝突。這和發生在他家鄉的情況剛好相反，在他們那裡，經常是女人們不以爲然的目光阻止了男人們一言不合就動手。

瑪蒂德繼續說了。

「我們的想法是，未來是屬於女性的。女人比男人不暴力，女人比較認眞，女人比較會去思考保護環境的事，因爲她們會擔心孩子的未來。女人支配社會越多，社會就會越溫柔，越沒有暴力，也會越趨向永續發展。而且，女人得到最多自由的社會，像是北歐國家，那裡對環境議題的思考也最進步。」

尤利克已經反省過這些關於男人和女人之間的差異問題，他相當同意。他解釋說，在因紐特人的國度，女人比男人認眞，因爲縫製衣服需要認眞，準備食物和養孩子也需要認眞，而打獵需要的是其他專屬於男人的必要特質，像是速度、力氣和詭計。可是奇怪的是，這樣的解釋顯然沒讓瑪蒂德和其他女孩子滿意。

「是啊，可是這是因爲你們的社會有一點大男人。」薩蜜拉說。

「妳不要又來了。」艾德琳說。

「我沒有，可是事情是怎樣就得直說啊。」

「我們沒有資格去審判尤利克的社會，」亞列克斯說：「他們的社會讓他們可以在一個惡劣到不可思議的環境裡生存下去。」

「可是說不定男女之間有一個比較平等的系統可以讓他們生存得更好，發展得更好啊。」

「是啦，還可以讓他們去摧毀環境？」

他們又吵了起來。他越來越渴了，還好桌上有一瓶紅酒已經打開了，他自己倒了一杯。

「好了，」艾德琳說：「也許我們該讓尤利克好好說一下他的看法。」

這瓶紅酒沒有麗池大飯店的好，不過他還是很滿意。他突然發現所有人都在看他。

他的看法？

「是的，」艾德琳說：「您看，這裡的女孩子沒有一個跟男人一起生活。就是因爲她們我才想到要寫我的書《我不需要任何人》。」

「那亞列克斯呢？」尤利克問道。

「我有一個女朋友，」亞列克斯說：「不過她不會來參加這些聚會。」

「她還在妥協之中。」瑪蒂德說。

「妳太誇張了。」亞列克斯說。

他們又吵了起來。聽起來是亞列克斯的女朋友想跟他一起生活，而且想生小孩，而其他女人，尤其是瑪蒂德，認爲這種態度是一種「精神錯亂」的症狀。

「別太誇張了吧，」薩蜜拉說：「亞列克斯很尊重她，也不能說她不同意我們的想法就把她說得好像是個遲緩兒！」

「謝謝妳，薩蜜拉。」亞列克斯說。

尤利克搞不懂她們到底在爭什麼，爲什麼她們覺得跟男人一起生活很可恥？他無法相信她們會喜歡她們的孤獨。

他繼續喝酒，一邊聽她們吵架。

「就連『插入』這個字眼也是傳統男女關係之中一切暴力的象徵！」

這話讓他嚇了一跳，瑪蒂德說的「插入」帶有性的意涵嗎？

「這種事在語言裡就看得出來了。」她繼續說了下去：「我們會說『前戲』，彷彿發生在插入之前的一切都比較不重要，彷彿只有那回事才算數。這完全是一種陽具中心的觀點。當然了，這是男人喜歡的：被奉獻出來的女人，被動的，被插入的。所有對女人施行的暴力都已經寫在這個最根本的動作裡了。」

他很想看到其他人哈哈大笑或是生氣，結果沒有，她們帶著某種敬意聽著瑪蒂德說話，連亞列克斯也不例外。

「可是，」尤利克說：「沒有插入的話，妳們怎麼生小孩？」

瑪蒂德的目光和他的目光交接，他眞的感覺到一個男人的靈，甚至，一個戰士的靈，在她的身上。

「只要有精液就夠了，」她說：「我們不需要提供精液的動物。」

這話讓他有點害怕。他決定什麼話都別再說了。如果她們瘋狂到這種程度，沒有人知道晚餐結束之前還會發生什麼事。

艾德琳開車送他回去，車子穿過遼闊的郊區——不完全屬於喀卜隆吶克人的郊區。

「希望我的朋友沒把您嚇壞。」

她們是眞的把他嚇壞了，不過一個因紐特人絕對不會承認他害怕。

「她們有一些奇怪的想法，」他說：「尤其是瑪蒂德。」

「噢，我覺得她太誇張了。不過您知道的，爲了捍衛一種利益，一定要一直嘗試走得太遠，這是要獲得某些東西的唯一方法。」

「或許吧，不過她看起來是眞的相信她所說的：『我們需要精液，不需要提供精液的動物！』」

「噢，這當然跟她個人的歷史有關⋯⋯。不過如果您跟她說這個，一定會惹火她。忘了我跟您說的話吧。」她微笑著把話說完。

他看著艾德琳。眞奇怪，在電視臺的時候，她看起來是要替瑪蒂德這種女孩子辯護，她們會說女人從此可以不要男人了。可是現在，在這輛車子裡，她顯得溫柔得多，也通情達理得多。他甚至覺得她滿漂亮的，儘管以他的標準來說，她有點太胖了。

「所以，總結來說，這一整晚的閒聊當中，您會記得什麼？」

「不知道耶，或許會有越來越多像亞列克斯這樣的年輕男人：溫柔，而且是女性的好朋友。」

「而且又很帥。」

這種想法讓他很驚訝。這種想法應該來自一個因紐特女人吧，所以從一個聲稱可以不要男人的女人嘴裡說出來的時候，很令人驚訝。

「不過您知道的，這種男人不是多數，」她說：「這裡有不少年輕男人對女孩子很恐怖。」

他想起艾克托醫生跟他說過的關於高級山羊的事，還有某些人對待不願意接受女性角色的那些女孩子的方式。

「就算在那些高級的街區裡，也有不少混蛋。」

她說這話的時候帶著一抹悲傷的神情，他感覺到艾德琳遇到過這種混蛋。

「總而言之，現在，我們可以不要男人了。」她接著這麼說，像是說給自己聽。他們的車子在紅綠燈前停了下來，車道上一輛車也沒有。綠燈亮了，可是艾德琳沒踩油門，他轉頭看她，發現她哭了。

「這一切，都好荒謬，」她啜泣著說：「都好無聊……」

他覺得艾德琳需要吶喀里可。

「你好溫柔。」她說。

他覺得很自豪，終於有一次是他主動了：他看到高速道路旁邊一家旅館明亮的招牌，那是上次弗蘿倫絲帶他去的那種連鎖旅館，他向艾德琳提議在那裡停車。她有點驚訝，不過還是順從地聽了尤利克的話。接著，他去櫃臺要了一個房間，牽著艾德琳的手上了這張雙人床。

「你好可愛。」她輕輕吻了他的胸口一下。

他不知道他到底可不可愛，不過她無論如何都流露出非常溫柔和非常激情的一面。想到她是一個如此溫柔又激情的寶貝，而和她擦身而過的男人竟然都視而不見，沒去想像艾德琳可以給他們什麼，他覺得眞是太可惜了。如果她在因紐特人的世界，應該是個很受歡迎的女人，雖然她有點胖胖的。再一次，他想到有幾百萬個像艾德琳一樣的女人晚上獨自回家，他覺得眞是太讓人難過了。

「艾德琳，爲什麼您說您可以不要男人？您跟男人在一起會很快樂呀。」

「啊，你還停留在那場辯論裡啊？可是我們可以用『你』相稱吧。」

這對他來說是件難事。自從他來到這裡，只有和嘉桑特是立刻就以「你」相稱，後來過了很久才跟瑪希．雅莉克絲以「你」相稱，以某種方式來說，和艾德琳以「你」相稱會讓他覺得背叛了另外兩個女人。想到他和嘉桑特最後一次相會，他突然心頭一緊，他那句關於新客人的話傷了她。從那次之後他沒再見到她。

「你在想什麼？」

這就是一個因紐特女人不會拿來問男人的問題。當男人不說話的時候，因紐特女人會隨他去。

「我在想妳爲什麼會是單身。」

她坐在床上。在她刻意留下的唯一一盞床頭燈的光暈下，他已經看習慣她豐滿的體型了，她似乎從來沒有生過孩子，但她看起來像是會生下漂亮寶寶的那種女人。

「你不明白的。」她欲言又止。

「不明白什麼？」

「我很難說出口。」

突然，她看起來有點難過。他把一隻手放在她的大腿上。

「妳什麼都可以說，我只是一個可憐的因紐特人，遠離家鄉，我什麼也不會告訴別人。」

她露出微笑。

「嗯，好吧……你不會知道這種感覺的，就是長得不太漂亮，同時又滿聰明的。」

「可是妳很漂亮啊……」

「才不是呢，你人眞好。我是有可能有某種魅力，在我覺得自己戀愛的時候，就像現在，可是我並不漂亮。而且，我太胖了，在這裡，要讓自己成爲不被慾求的對象，最好的方法就是變胖。」

「妳的意思是，男人對妳沒興趣？」

「總之我喜歡的那些對我都沒興趣。有時候，有些爛人只想上我，他們想說我應該沒什麼人追，應該很容易搞上床，就來試試看了。一開始，我會順水推舟，我對自己說，這樣可以發洩一下，可是到頭來只是沮喪。或者也有很少數的男人眞的對我感興趣，可是我總覺得我只是他們的最後一個機會，因爲我會告訴自己，他們沒有什麼機會遇到比較漂亮的女孩子。」

艾德琳說她的故事像在說笑，可是他感覺得到她心裡累積的痛苦。他心想，不知道他有沒有辦法去小冰箱裡找香檳和威士忌，又不會顯得分心沒聽她說話。還是等一下再去好了。

「問題是，在這裡，男人一天到晚都會遇到幾十個漂亮的女孩子，而且，電視上、廣告裡、雜誌上隨時都看得到，一切都是要讓男人滿腦子想的都是漂亮的女孩子。這麼一來，我想身體的外表變得比以前更重要了，一場永無休止的競爭就在那裡，我有興趣的男孩子都跑去追一些比我漂亮的女孩子了。到頭來，與其讓自己被一些爛咖爬到身上，還不如自己一個人……」

她看著他。

「所以我覺得你好可愛。」

她說這句話的時候帶著一種令人感動的單純。

「在因紐特人的世界，妳會很受歡迎的。」

她笑了。

「那我要去那裡成家立業嗎？才不要，我好怕冷……」

然後她陷入沉思。

「有人說我們這裡是女性主義的社會，其實我們只是給那些花花公子創造了一個天堂。這是人類史上絕無僅有的，那些男人從來不曾像現在這麼容易就可以搞上這麼多年輕女孩……」

他得承認她說得沒錯，自從他來到這裡，他認識的女人比他一輩子在村子裡認識的還多。而且，他還受限於他不想讓瑪希．雅莉克絲傷心，不想欺騙嘉桑特，不想背叛吶娃拉吶娃，而且他缺乏經驗：他還沒有經驗老到的獵人長期獵捕某種獵物的全套技巧。

「……而且女人也從來沒有承受過這種施加於外貌的壓力，她們時時刻刻都得展示自己的身體，表現出她們是可以被慾求的。現在，很多年輕的女孩子穿得像妓女似的，她們甚至在身上刺青，像色情片的女演員那樣。我們的社會正在變成一部大型的軟調色情片。」

他知道這種影片，他在電視上看過：就是做愛但是看不到瑪蒂德不喜歡的那種插入。

艾德琳望著他，一副心裡有事的模樣，可是卻不敢對他說。他決定，往小冰箱走去的時刻到了。

「要不要喝一點香檳？」他拿了兩瓶小瓶的香檳走回來。

「噢，好啊，眞是個好主意。」

他們坐在床上碰了杯，她還是望著他，過了一會，她開口了：

「我想要請你幫我做一件重要的事。」

「什麼事？」

她又猶豫了一下才小聲地說：

「我想要你幫我做一個小baby。」

她就坐在他的身邊，圓圓胖胖的很惹人愛憐，在等他回答的時候，她甚至不敢再看他一眼。

「你會明白的，」她說了下去：「我知道你就要離開了。我永遠不會帶著小孩來煩你。可是你是我的機會，我永遠不會找到一個像你這麼帥又這麼有趣的男人來到我的床上。你是我唯一的機會，讓我可以生出一個很棒的、強壯的而且或許還很溫柔的小baby……而且我現在正好在適合懷孕的週期。」

然後她就沒再說話了，低著頭，垂著眼簾，溫柔的姿勢就像一個因紐特女人來向她的男人要求一件事。

於是尤利克就這樣在喀卜隆吶克人的國度當了父親。

艾克托醫生不在他的診所裡，尤利克撥了他的手機號碼。他覺得自己好像吵醒了他，可是時間已經是下午三點了。

「啊，尤利克，您好嗎？」

他的聲音聽起來很開心，同時又有一點睡意。尤利克跟他說他需要和他談一談。艾克托醫生答說眞巧，他就在尤利克住的那家大飯店。

艾克托醫生來幫他開門的時候穿著浴袍，頭髮還濕濕亂亂的。尤利克立刻聞到房間裡有一股香氣：那是潔哈汀的香水味。

「這裡比我的診所方便多了。」艾克托醫生這麼說，尤利克也沒問他任何問題。「請原諒我剛才睡著了。」

他走進浴室，出來時已經穿上了襯衫和長褲，腳上踩著飯店提供的海綿纖維布做的拖鞋。

「嗯，我們別讓自己渴死吧。」他說。

他撥了客房服務的電話，點了一瓶松塞爾的白葡萄酒，還有兩打生蠔。

他們開始聊天，一邊品嚐生蠔，尤利克的心裡有了準備，這又是他返鄉之後會感受到的一大遺憾。

「好吧，這麼說來，您是眞的遇到貨眞價實的眞品了。」艾克托醫生聽尤利克說了晚餐之約發生的事，他說：「請注意，她們只是我們每天在家裡都會看到的女人的一種極端的形式。」

「可是大部分的女人都不會拒絕插入吧，不是嗎？」

「是不會，不過她們經常沒有做這檔事的心情，或是我們的愛撫不夠，或是我們沒有引起她足夠的興趣，或是她們累了——您看，我們是瞭解她們的——或者，她們對自己的身體不滿意，或是她們的辦公室有些讓人憂心的事，或是她們期待我們跟她們說說話而不是嘿咻嘿咻。」

艾克托醫生這陣子變了。他看起來對自己說的話更有自信，而且會讓人覺得他想要嘲諷所有的事。

「問題是，會讓我們忘憂的是做愛啊，可是她們呢，憂心的事讓她們沒辦法在性愛之中忘了自己。嘿，這個句子很棒，我得把它記下來！」

「可是因紐特女人也有她們憂心的事，她們也不是隨時都有心情做愛啊。」

「我可以想像。不過在這裡，她們過的這種日子讓她們越來越沒有心情，工作不是那麼有利於性愛。結果是……」

他不再說話，環顧了一下房間，彷彿在說他此刻的狀況就是他想說的那種結果。

「您想說的是，喀卜隆吶克女人得停止工作嗎？」

「噢，不是，絕對不是。女人如果留在家裡，也不會很讓人有性慾。而且，就是因爲女人受了教育，開始工作，我們的社會才會發展得這麼快。」

那麼，艾克托醫生到底想說什麼？他繼續了他關於女人的思考。

「到頭來，她們只有一開始的時候最想做愛，那時候她們還害怕您不留下來，或者過了一些時候，她們又開始害怕您丟下她們。可是我們沒辦法總是保持一個即將離去的男人的姿態，總是有那麼些時刻，我們會對她們說『我愛妳，我會留下來』——而這也是她們要的。這下子，事情怪了，她們的性衝動就下降了，嗯，只有一點點還留在心底深處，不過只有這麼一點點也是很難讓人安心的。」

尤利克心想，喀卜隆吶克男人是不是也變得跟女人一樣複雜了。

「請注意，」艾克托醫生說：「男人也沒好到哪裡去。女人沒辦法再依靠男人，總之，男人比起從前不可靠多了……。一夫多妻是禁止的，可是我們男人找到了解決之道：連續性的一夫多妻！……嘿，這一句，我也得把它記下來！」

尤利克告訴他艾德琳安排的聚會之後發生的事，還有艾德琳卑微的請求。艾克托醫生聽著這故事，眼眶都濕了。

「噢，老天，可憐的艾德琳，」他說：「有幾百萬個女人都像她一樣。不夠性感，不足以吸引很多男人，可是卻夠聰明，足以養成難相處的個性。這種事眞可怕……」

他又給自己倒了一杯松塞爾。

「媽的，如果是一個世紀前，她應該會在村子裡找到一個老公，她老公會覺得她很美麗，因爲他沒有從小被成千上萬苗條誘人的女孩子的影像制約。」

「我們家鄉到現在都還是這樣。」

「就是啦！我親愛的尤利克，我酒起我的舉杯，噢，對不起，我舉起我的酒杯，祝因紐特人幸福，敬你們的體系不會讓人發瘋，敬您在我們領土上未來的孩子。嘿，而且，我想當這個小傢伙的教父。來吧，這種事値得乾一杯！」

他們乾杯了。

「您看，」艾克托醫生說：「艾德琳看事情或許有點灰暗，她相信她之所以會一個人生活是因爲她不夠漂亮。我也看到不少很漂亮的女孩子還是單身，不過這些女孩子的情況不一樣：她們還很年輕，還不懂得選擇對象的時候就已經招蜂引蝶了，結果她們經常跟一些混蛋有過關係——這些混蛋面對美女的時候比起其他人不害羞——到後來，她們變得有點錯亂……她們最後決定自己一個人生活，才不會受到愛情的傷害，她們怕受更多的苦。而因爲她們經歷過熱烈的激情，溫柔的男人會讓她們覺得無聊……。」

尤利克想起嘉桑特說的關於「力量」對女人的吸引力，就算對方是混蛋也一樣。

「這時候，我看到另一個類型來了。」艾克托醫生說：「三十來歲的女孩子，很年輕就結了婚，已經有兩、三個孩子，也就是那種走傳統路線的。」

「她們不快樂嗎？」

「不快樂，因爲她們嗅到了時代的氛圍，突然間——通常這種事是一下子就讓她們改變的——她們心想，她們不曾有過眞正的青春，她們沒有好好認識過愛情。於是她們拋下丈夫，要過眞正的生活，這時候，通常她們只會做出一些蠢事，她們會愛上一些只想跟她們上床的傢伙……而她們會來我這裡是因爲她們被傷害了……。」

在喀卜隆吶克人的國度裡，單身女人的形形色色似乎跟他村子附近的鳥的種類一樣多……。

「問題是，」艾克托醫生突然說：「我相信這是我最後一次來這裡了。」

「您跟潔哈汀合不來了嗎？」

「剛好相反。」

艾克托醫生說，每次見面，潔哈汀都對他多吐露一些她的過去。現在，他比較瞭解這段過去了，他覺得很難繼續當她的顧客。顯然，潔哈汀的故事並不愉快，甚至比嘉桑特的更慘。

「我知道我很容易讓人產生信任感，」艾克托醫生歎了一口氣：「可是，這麼一來，我就不能繼續把她當成一個開開心心的交際花，只是來讓我高興而已。我所知道的她的故事不是什麼能讓我精神振奮的好事。另一方面，我也不想惹她不高興……再這樣下去，是她會變成我的顧客……。」

「您給了她吶喀里可呀。」

「不只如此，我還給她眞正的治療……您會說我可以把她交給另一個男性的同行啊——因爲她不想看女醫生——可是我心裡想，這樣至少我不必在看診的時候心裡七上八下的，滿腦子想的都是她的裸體，我早該這麼做的……」

這時候，有個東西震動了起來，那是艾克托醫生放在茶几上的行動電話。他拿起電話，看了看來電顯示的號碼，然後就愣住了。他讓電話繼續震動，接著鈴聲響了起來，他沒做出任何動作。電話又靜了下來。

「嗯，」他說：「嗯。」

接著他聽了語音信箱的留言。一種混合著開心和擔心的表情出現在他臉上，像是獵人看到了追捕的獵物，得要面對牠了。

「嗯，」他又說了一次。「是她……。」

從他的神情看來，尤利克知道他說的是那天跟他講電話的那個女人。

「……她想要跟我說話，她說她想知道我過得怎麼樣……。」
他看著尤利克。
「依您看來，我應該立刻回她電話還是等一下？」
「一個男人出門打獵，離開的時間比原先預估的更久，等他回來的時候，他的妻子會更愛他。」
艾克托醫生把電話放回茶几上，彷彿很不情願似的。
「您說得對。我會等到明天……或是今天晚上。不過今天晚上，有一點太早，會不會？」
這問題讓艾克托醫生很心煩，害他不再對牛蠔感興趣了，尤利克只好幫他把那打生蠔吃完。

他打電話給嘉桑特，可是只聽到答錄機裡不知是何人的聲音。他掛上了電話。儘管在這裡過了這麼些時日，他還是沒辦法回應一個不是活生生的聲音。

他讓麗池大飯店替他送了一大束花過去（他離開之後，弗蘿倫絲核對旅館帳單的時候，花店的發票讓她陷入了嫉妒和懷疑的折磨裡），附上一隻站在玄武岩上的小海豹代替名片。

嘉桑特打電話來了。

「那天我很抱歉。」她來到房裡的時候尤利克這麼說。

「別提了。」

她吻了他。

接下來，一如往常，這是談話的最佳時刻了。

「你很快就要回去了嗎？」

「爲什麼妳會這麼問？」

「因爲我是個精明的女孩，什麼事都感覺得到。」

「是啊，嗯，我要走了。我得回我的部落去。」

嘉桑特轉身過去，背對著尤利克。

「嘉桑特？」

「對不起，這樣很蠢，這是反射動作。」

她哭了。

可是她立刻就回過頭來，把眼淚抹去。

「這是我最受不了當女生的一件事：眼淚實在太容易掉下來了……」

尤利克把嘉桑特緊緊擁在懷裡，直到她不再流淚。

過了一會，嘉桑特對尤利克說：

「讓我有點心煩的是，你是我心目中的理想男人。」

「理想？」

「對呀，我需要你的時候你就在那裡，可是其他時間我還是過著我想要的日子。你會逗我笑，我們在床上很合，你說我還能再奢求什麼？女人還能再奢求什麼呢？」

「丈夫呢，孩子呢？」

「噢，我才不要呢！我很清楚婚姻不是什麼神奇的東西。而且，我的工作，說起來是去拯救一些婚姻。」

「拯救？」

「對我的常客們來說，我比起情婦的風險低太多了。有些人從一認識的時候就跟我說，他們跟他們的妻子在一起的時候比較乖……」

爲了避免過於單調，因紐特人發明了暫時換妻的方式，至於喀卜隆吶克人，則是求助於秘密的雙妻制。

「其實，你可以讓不少女人快樂，」嘉桑特說：「我很確定你幹這一行一定會超級成功的。」

「這一行？」

「我這一行啊，反正就是一樣的事，只不過服務的對象是女人。」

他一頭霧水。嘉桑特從桌上拿來一份飯店提供的知名國際日報，她把分類廣告的那一頁拿給他看。上面有「伴遊少爺」這樣的字眼，附有電話號碼，打去就可以請對方提供一個有魅力的男人作伴出遊一次，或是一個晚上。

「這是說得好聽，其實就是去跟人家上床。你知道，這個市場現在正在急速擴張。」

尤利克大惑不解。

「可是她們付錢給男人嗎？」

「當然囉。而且，這種服務，會來的都是一些手頭闊綽的女人。」

「可是她們的丈夫會怎麼說呢？」

「通常她們沒有結婚，或是本來有丈夫，現在沒有了。多半是一些四十歲或四十多歲的女人，離婚的也有，一直單身的也有。她們跟所有人一樣有需求：她們需要感覺到別人對自己的慾求，她們需要高潮，甚至有些女人是來發現高潮的，因爲她們不一定有被男人好好對待過。還有就是來感覺被男人摟在懷裡……我做這一行的朋友告訴我，通常完事之後還得留下來跟她們聊一下天，不然她們就不會覺得滿意。」

尤利克想到弗蘿倫絲。他想像她打電話找這種服務：一個可以隨時配合她的行程，並且滿足她隱藏的慾求的男人。他明白爲什麼喀卜隆吶克人的社會會這麼強大了：這個社會製造出一些可怕的事物，像是女人的孤獨，同時也發明了療癒的方法，像艾克托醫生或是「伴遊少爺」。

「可是妳怎麼會認識做這一行的男人？」

「當然會認識啊，我們就像所謂的同事，可是我們從來沒有競爭關係。你看，他們還會告訴我，他們現在遇到的一個大問題：因爲更年期的賀爾蒙治療用到那種俗稱『青春激素』的DHEA，有越來越多孤孤單單的六十歲女人還是很飢渴，她們會打電話找他們。她們比從前的老女人健康得多，可是畢竟……」

六十歲。他心想他有沒有聽錯：她說的眞的是六十歲以上的女人嗎？

「……還好，就像我一樣：你做到某種資歷以後，就可以挑選顧客了。我很確定你一定會紅的。就這樣，你可以在喀卜隆吶克人的國度裡賺大錢了！我們甚至可以住在一起，用我們的兩份收入一起生活！」她做了這樣的結論。

尤利克一陣暈眩。想跟多少女人上床都可以，而且她們還會爲這個付錢！如果她說的是眞的，他很快就可以接吶娃拉吶娃來這裡了，他可以把她安置在一個公寓裡，同時還可以繼續跟嘉桑特來往，她也不會懷疑！在這裡，他已經明白了，他很容易就可以同時擁有兩個女人，而且可以不讓她們碰到對方，這種事在他的村子裡是不可能的。可是另一方面，從事這種行業似乎不符合一個驕傲的因紐特人的尊嚴：讓一個女人付錢給你，那就是有個女人可以用某種方式支配你。不過說不定他可以不要去想這種事……嘉桑特打斷了他的白日夢。

「不要想了，我獨一無二的因紐特人，不要再想這種事了！這是天馬行空的想法！不是什麼提議。我不想要你留下來，也不想要我們生活在一起。」

這話一說，他覺得有點不高興了。

「可是爲什麼呢？」

「我很瞭解我自己。其實，我知道這只是個假象，事情不會一直像這樣下去，我最後會拋棄你，或是你最後會受不了我。而且你的生活，明明就在另一個地方。」

他得相信嘉桑特說的。她只比他大兩歲，可是在男女之情這方面，她知道的事比他多太多了……

「我們在一起的時間太美好了，我們得把它當成一個禮物。可是如果哪一天你又回到這裡，你打電話給我我會很高興的。知道嗎？我獨一無二的因紐特人。」

「我知道了。」

然後，他們又緊緊擁抱了一會兒，因爲要和一個禮物分離，從來就是很困難的事。

隨著飛行的時間慢慢過去，其他感情也浮現了，

先是出現一下子，接著是更長的時間，

就像暴風雨前的初雨和閃電。心碎和歡樂同時出現。

吶娃拉吶娃。

從飛機的舷窗看出去，他看到雲堆疊成一片片的峭壁，彷彿飛機在落日照耀的巨大冰山之間移動。

他在空服員經過時舉起手中的空杯，她立刻帶著微笑走回來，幫他倒了一杯香檳。剛才，這個空服員跟同事們交頭接耳還偷看了他好幾眼，他看她這個樣子就知道她認出他了。尤利克和烏拉的廣告已經播到大西洋的對岸了。可是看著這些年輕漂亮、穿著制服的女人在那裡偷偷談論他，一點也沒讓他覺得開心，連香檳也沒辦法讓他愉快起來。

早上，在公寓裡，他吃了他最後一次的家庭早餐。所有人都靜靜的。托馬專心看著他剛從一個天文學的網頁上印下來的幾頁資料。茱莉葉特把烤好的麵包遞給他，對他露出淺淺的、悲傷的微笑，瑪希·雅莉克絲則是假裝一如往常地忙進忙出。

稍晚，在機場，就是最後道別的時刻了，他吻了他們每一個人，瑪希·雅莉克絲偷偷地緊緊抱住他——轉瞬即逝的一秒，他們的臉如此貼近，跟在床上的時候沒有兩樣。

後來，就是透過海關的玻璃窗看到她的最後一眼了，然後是孤獨的步伐，走向擺著香檳的貴賓室，這是「尤利克和烏拉」帶來的最後的好處。

當他把自己的悲傷告訴艾克托醫生時，他提醒他，他經歷的應該是他這一生第二次的大告別，而孤兒尤利克立刻感覺到從童年就隱藏在他心裡的某個部分又活了起來，譚布雷站長的妹妹寫給他的信當然也浮現在他的腦海裡。艾克托醫生給人帶來的不只是吶喀里可，他還可以讓人辨認出感覺到的東西，還有無法形容的東西。

可是隨著飛行的時間慢慢過去，其他感情也浮現了，先是出現一下子，接著是更長的時間，就像暴風雨前的初雨和閃電。心碎與歡樂同時出現。吶娃拉吶娃。

吶娃拉吶娃。

他就要再見到她了。

虛構 002 **寂寞的公因數**

Ulik au pays du désordre amoureux

作者：弗杭蘇瓦 · 樂洛赫 François Lelord｜譯者：尉遲秀｜出版者：愛米粒出版有限公司｜地址：台北市 10445中山北路二段 26巷 2號 2樓｜編輯部專線：（02）25622159｜傳真：（02）25818761｜【如果您對本書或本出版公司有任何意見，歡迎來電】｜總編輯：莊靜君｜編　輯：黃毓瑩｜企　劃：吳維中｜校　對：鄭秋燕、黃毓瑩｜印　刷：知己圖書（股）公司｜電　話：（04）23581803｜初　版：二〇一三年（民 102）六月一日｜定　價：280元｜總經銷：知己圖書股份有限公司｜郵政劃撥：15060393｜（台北公司）台北市 106辛亥路一段 30號 9樓｜電話：（02）23672044／ 23672047｜傳眞：（02）23635741｜（台中公司）台中市 407工業 30路 1號｜電話：（04）23595819｜傳眞：（04）23595493｜國際書碼：978-986-89244-1-3｜ CIP：102005462｜
因為閱讀，我們放膽作夢，恣意飛翔 — 成立於 2012年8月15日。不設限地引進世界各國的作品，分為「虛構」和「非虛構」兩系列。在看書成了非必要奢侈品，文學小說式微的年代，愛米粒堅持出版好看的「虛構故事」，讓世界多一點想像力，多一點希望。來自美國、英國、加拿大、澳洲、法國、義大利、墨西哥和日本等國家虛構與非虛構故事，陸續登場。

愛米粒出版
Emily

出版理念：「因為閱讀，我們放膽作夢，恣意飛翔。」預計一年出版18本書，不設限地引進世界各國的作品，分為「虛構」和「非虛構」兩系列。在看書成了非必要奢侈品，文學小說式微的年代，愛米粒堅持出版好看的「虛構故事」，讓世界多一點想像力，多一點希望。

廣	告	回	信
台北郵局登記證			
台北廣字第04474號			

平　信

To：愛米粒出版有限公司　收

地址：台北市10445中山區中山北路二段26巷2號2樓

※請沿虛線剪下，對摺裝訂寄回，謝謝！

※ 慶祝愛米粒創社，即日起至102/12/31，限量好禮！

讀者只要留下正確的姓名、E-mail和聯絡地址，
並寄回愛米粒出版社，即可獲得晨星網路書店$30元的購書優惠券。
購書優惠券將mail至您的電子信箱（未填寫完整者恕無贈送！）

我們並會在每個月抽出10位幸運讀者

贈送愛米粒特製綁書帶！

市價$199元

得獎名單會在每月10日，公布在愛米粒Emily粉絲頁面，敬請密切注意！

愛米粒Emily: https://www.facebook.com/emilypublishing

＊請沿虛線剪下，對摺裝訂寄回，謝謝！

愛米粒出版有限公司
Emily Publishing Company, Ltd.

當 讀 者 碰 上 愛 米 粒

這是一張您與愛米粒相遇的明信片。我們希望透過這回函卡的內容，多了解讀者您的想法，希望藉由您傳遞給我們的文字，讓我們更進步，發掘更多更有趣的故事。謝謝您的支持與參與。

姓名：________________

□男 / □女：____ 歲

地址：________________

職業 / 學校名稱：________________

E-Mail：________________

- **這本書的書名：**________________
- **這本書是在哪裡買的?**
  a.實體書店 b.網路書店 c.量販店 d. __________
- **是如何知道或發現這本書的?**
  a.實體書店 b.網路書店 c.愛米粒臉書 d.朋友推薦 e.__________
- **為什麼會被這本書給吸引？**
  a.書名 b.作者 c.主題 d.封面設計 e.文案 f.書評 g.__________
- **對這本書有什麼感想？有什麼話要給作者或是給愛米粒？**